备案审查研究丛书
主编：郑磊 王锴

备案审查进行时

——《法治日报》新时代备案审查报道集萃

朱宁宁◎著

中国民主法制出版社
全国百佳图书出版单位

图书在版编目(CIP)数据

备案审查进行时——《法治日报》新时代备案审查报道集萃/朱宁宁著.—北京:中国民主法制出版社,2022.4

ISBN 978-7-5162-2827-2

Ⅰ.①备… Ⅱ.①朱… Ⅲ.①新闻报道—作品集—中国—当代 Ⅳ.①I253.1

中国版本图书馆CIP数据核字(2022)第064865号

图书出品人:刘海涛
出版统筹:贾兵伟
图书策划:张 涛
责任编辑:周冠宇

书名/备案审查进行时——《法治日报》新时代备案审查报道集萃
作者/朱宁宁 著

出版·发行/中国民主法制出版社
地址/北京市丰台区右安门外玉林里7号(100069)
电话/(010)63055259(总编室) 83910658 63056573(人大系统发行)
传真/(010)63055259
http:// www.npcpub.com
E-mail:mzfz@npcpub.com
开本/16开 710毫米×1000毫米
印张/14 **字数**/196千字
版本/2022年4月第1版 2022年4月第1次印刷
印刷/北京天宇万达印刷有限公司

书号/ISBN 978-7-5162-2827-2
定价/66.00元

《备案审查研究丛书》
学术委员会

丛书主编

《备案审查研究丛书》
总　序

加强备案审查工作,健全备案审查制度,是完善宪法监督制度的基础和重要着力点。党的十八大以来,以习近平同志为核心的党中央从战略和全局高度深入推进全面依法治国,高度重视宪法实施和监督,对备案审查工作作出一系列重大决策部署。全国人大常委会和地方各级人大常委会坚持以习近平新时代中国特色社会主义思想为指导,贯彻落实党中央决策部署,按照“有件必备、有备必审、有错必纠”的目标要求,持续加强包括合宪性审查在内的备案审查工作,切实加大审查纠正力度,着力推进备案审查制度和能力建设,备案审查工作取得了突出进展。2017 年以来,全国人大常委会每年听取和审议法制工作委员会关于备案审查工作情况的报告,已经形成制度。地方人大常委会也在积极推进听取和审议备案审查工作情况报告制度化,越来越多的备案审查案例通过工作报告向社会披露。2019 年 12 月,全国人大常委会委员长会议审议通过《法规、司法解释备案审查工作办法》,备案审查制度建设取得重要成果。

备案审查实践和制度的快速发展,促进了备案审查领域学术研究活动的蓬勃开展。宪法学、行政法学、立法学等相关领域专家学者对备案审查制度的关注程度日益提高,特别是一批优秀中青年学者将备案审查制度作为重要研究领域,研究成果不断涌现,研究队伍不断壮大。一些高校法学院成立备案审查制度研究中心、开设备案审查专题课程,备案审查学科建设迈开步伐。不少地方人大常委会成立备案审查专家委员会或者建立专家意见咨询机制,借助外脑提升备案审查能力水平。备案审查理论与实践良性互动的良好氛围正在形成。2021 年 1 月,中共中央印发《法治中国建设规划(2020—2025 年)》,明确提出要系统总结运用新时代中国特色社会主义法治建设的鲜活经验,不断推进理论和实践创新发展。在此背景下,《备案审查研究丛书》应运而生。

本丛书是第一套以备案审查研究为主题的系列丛书，也是第一套立足于新时代备案审查实践和理论的丛书，它的出版是备案审查领域学术研究蓬勃发展的结果，具有开创性意义。丛书集中展示了一批优秀中青年学者在备案审查领域的学术研究成果，内容涵盖理论、制度、实践等方面，选题兼顾理论性和实践需要，各有侧重而又融为一体，较为全面地反映了近年来备案审查制度发展的整体面貌。丛书对于进一步深入开展宪法监督和备案审查制度研究作了重要的学术探索和积累，对于构建以人民代表大会制度为依托、以备案审查为基础的中国特色社会主义宪法监督制度理论体系将发挥重要的引领推动作用。

期待本丛书的出版能够进一步提升备案审查理论研究的整体水平，进一步激发中青年学者对宪法监督、合宪性审查和备案审查制度的关注和研究热情，进一步带动备案审查理论研究队伍的发展壮大，进一步实现备案审查理论与实践相互促进、相辅相成、相得益彰。

全国人大常委会法制工作委员会法规备案审查室　梁　鹰

2021 年 8 月

代序

见证备案审查制度建设每一个高光时刻

《法治日报》是中央主要新闻媒体中唯一的法治类媒体，创刊以来始终积极宣传党的政策主张，履行媒体的职责使命，传播法治理念，弘扬法治精神，社会影响力十分巨大。

由于工作关系，我常常翻阅《法治日报》，特别对其中关于人大立法和监督工作的报道，更是几乎每篇必读。据我所知，在各级人大机关从事立法工作的领导和同事，有很多都是《法治日报》的忠实读者，将《法治日报》作为立法工作中重要的信息来源和参考资料。

人大的立法工作，作为推进全面依法治国的一个重要环节，长期以来受到《法治日报》的特别关注。对全国人大常委会的重大立法项目和重大立法进展，《法治日报》都作出了及时准确的报道。特别是"人大视窗"专刊，为宣传人大理论和人大制度、促进读者加深对人大工作的了解、在全社会弘扬民主法治精神提供了一个独特的窗口。

党的十八大以来，以习近平总书记为核心的党中央作出推进全面依法治国重大战略部署，高度重视宪法实施和维护宪法权威，强调加强备案审查制度和能力建设，做到"有件必备、有备必审、有错必纠"。全国人大常委会和地方各级人大常委会贯彻落实党中央决策部署，近年来着力加强规范性文件备案审查工作，完善备案审查制度和机制，提升备案审查能力，加大对违宪违法规范性文件的监督纠正力度，取得了许多进展和成绩。《法治日报》敏锐地关注到了这些变化，加大对各级人大开展备案审查工作的报道频次和力度，组织刊发了一系列有分量的稿件。这些稿件对备案审查工作进行了全面深入的报道，为扩大备案审查制度的社会影响起到了重要作用。

其中，令我印象最深的是政文部记者朱宁宁采写的多篇系列报道。她是《法治日报》专门负责采访人大新闻的记者，对人大制度以及人大的立法和监督工作十分熟悉。由于长期在全国人大跑新闻,我们机关的很多同事都和她十分熟悉,一来二去成了朋友,大家对她的敬业精神和专业素养也是一致认可的。近年来,她一直对人大的备案审查工作保持关注,采写了一批选题精到、导向明确、分析深入、文笔洗练的文章,全面准确地报道了近年来备案审查工作取得的重要进展。

比如,为贯彻落实党中央决策部署,结合全国人大常委会重点工作,全国人大常委会近年来先后部署开展了生态环保、道路交通管理、食品药品安全等领域法规的专项审查和清理工作。她采写了《持续全面清理生态环保法规打好污染防治攻坚战》《备案审查剑指道交管理法规规章》《全国人大常委会法工委部署专项备案审查工作》等新闻稿件,及时将全国人大常委会开展法规专项审查和清理的消息传递给社会公众,让读者感觉到了备案审查的“力度”。又如,2017 年以来,全国人大常委会法工委加大监督纠正力度,推动制定机关纠正有关“扣留非机动车并托运回原籍”“以审计结果作为工程结算依据”“地方著名商标”“附条件逮捕”“超生即开除”等与上位法相抵触或者不适当的规定。2018 年,著名法学家李步云教授向全国人大常委会法工委提出了关于审查地方法院有关非法鉴定胎儿性别应认定为非法行医罪的规定,全国人大常委会法工委及时开展了审查,推动有关地方人大对这一规定进行了纠正。她对这些典型案例所作的报道,引起社会各方面对备案审查制度的广泛关注。再如,根据公民建议开展审查,是备案审查工作有效开展的一个重要途径。通过备案审查维护公民合法权利,是开展备案审查工作的一个重要目标。2019 年 12 月 4 日国家宪法日,全国人大常委会在官方网站开通审查建议网上提交功能,为公民提出审查建议提供了更加方便快捷的渠道。她采写了《宪法日,备案审查网络直通车正式开通:公民可一键提交审查建议》,第一时间对此进行报道,向社会公众传递出了备案审查的“温度”。此外,《卸“包袱”吃“定心丸”保护鼓励地方创新立法》《将备案审查由“重器”打造成“利器”》《全力构建中国特色社会主义备案审查理论体系》《失信黑名单:应适度,要合法》等关于备案审查工作的报道,有的涉及备案审查制度中的重大理论问题,有的是备案审查工作近期关注的重点难点问题,对我们进一步开展好工作很有启发意义。

值得一提的是,2017 年,全国人大常委会法工委首次向全国人大常委会专项报告备案审查工作。此后连续 3 年,全国人大常委会法工委每年向全国人大常委会专项报告一次备案审查工作情况，形成制度。3 年来，《法治日报》记者所撰写的新闻稿件对每次备案审查专项工作报告的情况进行深入报道，可以说，见证了备案审查制度建设中的每一个“高光时刻”。

在《法治日报》创刊 40 周年之际，回顾这些重磅报道，给我的总体感受就是有力度、有热度、有温度、有深度。这正是《法治日报》40 年来始终站在法治前沿、关注法治热点、传递法治力量、抒写法治情怀的具体体现。展望未来，法治事业方兴未艾，任重道远，祝愿《法治日报》百尺竿头更进一步，在推进全面依法治国进程中继续发挥重要作用。

全国人大常委会法制工作委员会法规备案审查室主任　梁　鹰

目　录

引　言

浅谈新时代如何加强和改进人大新闻舆论工作 / 003

第一部分　制度建设

1. 明年将建成法规备案审查信息平台(2016 年 12 月 20 日) / 009
2. 杜绝地方立法“放水”　加强改进备案审查工作
(2017 年 09 月 12 日) / 013
3. 向权力任性亮剑　备案审查取得突破性进展
(2018 年 03 月 01 日) / 017
4. 聚焦规范性文件备案审查关键问题(2018 年 10 月 16 日) / 022
5. 备案审查由“鸭子凫水”变乘风破浪(2019 年 02 月 26 日) / 027
6. 全国人大常委会开通备案审查“网络直通车”
(2019 年 12 月 06 日) / 031
7. 备案审查作为宪法性制度已被全面激活(2020 年 11 月 10 日) / 033
8. 为全面正确实施民法典夯实基础(2021 年 01 月 19 日) / 037
9. 涉民法典规范性文件专项清理已完成(2021 年 01 月 19 日) / 041
10. “国字号”备案审查专家委员会首次亮相(2021 年 11 月 23 日) / 043
11. 涉行政处罚内容规范性文件专项清理已完成
(2021 年 12 月 07 日) / 044
12. 备案审查落实党中央重大决策部署功能日益凸显 / 048

第二部分　研究交流

1. 备案审查工作仍存多难题待破解(2016 年 09 月 27 日) / 055
2. 维护宪法权威　合宪性审查如何破局(2018 年 01 月 17 日) / 061
3. 协调推进平台建设下好全国“一盘棋”(2018 年 08 月 09 日) / 065
4. 全力构建中国特色社会主义备案审查理论体系
(2018 年 10 月 16 日) / 068
5. 发挥失信惩戒功效应适度且合法(2019 年 06 月 18 日) / 073
6. 全国人大常委会法工委备案审查工作研讨会在湖南召开
(2019 年 12 月 02 日) / 076
7. 首个正式宪法解释案值得期待(2019 年 12 月 10 日) / 078
8. 将备案审查由“重器”打造成“利器”(2019 年 12 月 17 日) / 082
9. 全国人大常委会法工委开展备案审查案例交流
(2019 年 12 月 17 日) / 086
10. 卸“包袱”吃“定心丸”　保护鼓励地方创新立法
(2019 年 11 月 19 日) / 088
11. 完善纠错机制　做实做强备案审查
(2021 年 04 月 13 日) / 092
12. 备案审查制度被全面激活后如何提质增效
(2021 年 11 月 30 日) / 096
13. 进一步推进合宪性审查　加强宪法解释工作
(2021 年 11 月 30 日) / 100

第三部分　年度备案审查报告解读

1. 全国人大常委会首次全面听取备案审查工作情况报告
(2017 年 12 月 25 日) / 105
2. 任何有立法性质文件都不能游离备案审查之外
(2017 年 12 月 27 日) / 109

3. 2018 年备案审查工作情况报告披露多起典型案例
(2018 年 12 月 25 日) / 113
4. 建议加强制度建设尽快出台备案审查工作规定
(2018 年 12 月 29 日) / 119
5. 2019 年度备案审查工作报告亮相(2019 年 12 月 27 日) / 121
6. 解码 2020 年备案审查工作情况报告(2021 年 01 月 21 日) / 125
7. 从数量井喷看备案审查工作重要变化(2021 年 01 月 26 日) / 129
8. 落实有件必备　推进有备必审　坚持有错必纠
(2021 年 12 月 22 日) / 133
9. 全面提高新时代备案审查工作质量(2021 年 12 月 28 日) / 136

第四部分　审查案例

1. 地方性法规为“超生即辞退”支撑时代行将终结
(2017 年 10 月 24 日) / 143
2. 地方著名商标认定缺乏法律依据多地将进行清理
(2017 年 11 月 14 日) / 149
3. 专家称地方著名商标制度值得反思(2017 年 11 月 14 日) / 154
4. 纠正地方法院越权制定司法解释性质文件(2018 年 08 月 14 日) / 159
5. 收容教育制度或将终结(2018 年 12 月 26 日) / 165
6. 备案审查剑指道交管理法规规章
(2019 年 01 月 29 日) / 167
7. 持续全面清理生态环保法规打好污染防治攻坚战
(2019 年 04 月 02 日) / 172
8. 政府替企业还钱? 撤销! 超生即辞退? 立即清理!
(2019 年 12 月 13 日) / 176
9. 全国人大常委会法工委部署专项备案审查工作
(2020 年 05 月 19 日) / 186
10. 地方性法规设置出租车司机户籍门槛被叫停
(2021 年 02 月 02 日) / 189
11. 邮寄光盘遇阻公民提起审查建议(2021 年 02 月 23 日) / 193

12. 地方立法“不交物业费禁止竞选业委会成员”规定被叫停（2021 年 05 月 25 日） / 197
13. 备案审查为地方立法探索提供支持（2022 年 01 月 11 日） / 201

后　续

在 2019 年度人大新闻舆论干部培训班暨第 29 届中国人大新闻奖评选结果发布会上的交流发言（2019 年 11 月 12 日） / 207

引　言

浅谈新时代如何加强和改进人大新闻舆论工作

以备案审查报道为例

摘　要：进入新时代，做好人大新闻舆论工作，最重要的是坚持马克思主义新闻观，以习近平新时代中国特色社会主义思想为指导，增强“四个意识”、坚定“四个自信”、做到“两个维护”，把人大工作报道好、宣传好。结合多年工作实践，以备案审查报道为例，笔者认为，新时代下，改进和提升人大新闻舆论工作必须要从两方面着手，一是进一步增强人大新闻宣传报道的政治性；二是进一步体现人大新闻宣传报道的人民性。双管齐下，方能提升报道质量，为做好人大新闻舆论工作作出更大贡献，为我国民主法治建设营造良好舆论氛围。

关键词：人大舆论工作　备案审查报道　政治性　人民性

党的十八大以来，以习近平同志为核心的党中央将全面依法治国纳入“四个全面”战略布局，开启了我国社会主义法治建设新征程。在全面依法治国新理念新思想新战略的指引下，法治已经成为治国理政的基本方式。

作为推进全面依法治国的重要一环，近些年来，人大工作越来越受到社会各界关注。全国人大及其常委会作为我国最高国家权力和最高立法机关，在党中央的坚强领导下，开创了我国人大立法工作的新格局，立法数量不断增加、立法质量不断提高、立法效率持续提升。与此同时，新闻媒体成为普及人大理论和人大制度、弘扬民主法治精神、宣传法律制度和法治精神、培养法治理念和法治信仰的独特窗口，这也给新时期做好人大报道工作带来新的挑战。

人大新闻舆论工作是党的新闻舆论工作的一部分，也是党的“喉舌”、党的宣传阵地。做好人大新闻舆论报道，对于坚定制度自信、让人民代表大会制度这一国家根本政治制度深入人心意义重大。笔者认为，新时期人大新闻舆论工作应着重从两方面进行加强和改善。

一、进一步增强人大新闻舆论报道的政治性

人大新闻舆论工作是重要的时政报道内容，也是一项重要政治任务。这项工作立足于宣传和报道国家最根本的政治制度——人民代表大会制度。因此，相比其他类型的新闻报道，人大新闻舆论工作在政治性、纪律性、程序性、法律性等方面有着更专业、更权威、更精细的更高要求。从事人大新闻舆论工作的记者必须始终坚持正确的政治立场和政治方向，坚持马克思主义新闻观，全面正确理解党和国家的政策和法律精神，始终坚持正确舆论导向，围绕中心、服务大局，主动出击、积极策划，客观严谨权威地向外界解读和阐释人大工作的难点、热点、焦点问题，发挥出媒体应有的作用。

以备案审查工作为例。作为一项宪法性制度，备案审查工作在全面依法治国时代有着重要的意义，关系党中央决策部署的落实，关系宪法法律实施和法制统一，关系人民群众权利的保护。但曾几何时，由于各种历史原因，备案审查工作一直是"秘而不宣"，甚至连每年处理的具体案件数量都不对外公开。对此，十二届全国人大法律委主任委员、常委会法工委主任乔晓阳曾经形象地把这项工作形容为"鸭子凫水"。

党的十八大以来，各级人大及其常委会适应新形势新任务新要求，贯彻落实党中央决策部署，以前所未有的力度、广度和深度推进备案审查工作。备案审查作为宪法性制度被全面激活，作用充分发挥，影响力日益彰显，备案审查工作站在了新的历史起点上。

面对这一重要变化，从事人大领域报道的新闻媒体应当积极加大宣传力度，做好备案审查的舆论报道工作，全面准确地报道了近年来备案审查工作取得的重要进展。一方面，要对备案审查工作的重要地位和作用有充分的认识，加强理论学习，并根据备案审查工作的节奏，突出重点，着眼全程，对各方面进展的新情况保持密切关注，及时跟进予以报道。与此同时，还须对备案审查制度和备案审查工作积极开展宣传，主动向社会公开备案审查工作情况，加大对具体典型案例的报道，采写出深度稿件，不断扩大备案审查制度的社会影响。通过各种形式的报道，或推动备案审查工作，或为有关部门规范其行为提供参考，或引起社会各界的广泛关切，发挥出了新闻媒体的宣传、引导和舆论监督的职责功能。

二、进一步体现人大新闻舆论工作的人民性

好的人大新闻报道,必须植根于伟大时代,必须植根于人民之中。人大宣传报道的目标受众是人民。但凡事关最广大人民群众利益的人大工作,就是宣传报道的重点。

仍以备案审查报道为例。近些年来,备案审查制度已经从“身在闺中人不识”到“犹抱琵琶半遮面”,再到实现了“飞入寻常百姓家”。一个显著的表现就是,公民、组织提起的审查建议数量更是呈现出井喷之势。2020 年一年时间里,全国人大常委会收到的公民、组织提出的审查建议的数量就有 5146 件。而从 2013 年到 2017 年,5 年间全国人大常委会总共收到公民、组织提出的各类审查建议数量仅 1500 余件。短短几年时间里,公民、组织提出的审查建议屡创新高,这不仅是公民、组织提出审查建议的渠道通畅的结果,是备案审查制度的社会影响力不断扩大的标志,更是人民代表大会制度集民意、聚民心、汇民智、解民忧的生动体现。因此,作为新闻媒体,就要把备案审查工作的相关报道做实做细,紧紧抓住涉及广大人民群众利益、广大人民群众关心的热点焦点问题进行及时准确权威地宣传,写出既有“力度”又有“温度”的备案审查新闻报道。

总之,做好人大新闻舆论宣传工作,必须要关注了解研究广大人民群众的实际需求,运用易于为普通民众接受的、可以理解的、乐于接受的方式和语言,让全社会更好地了解人民代表大会制度,了解我国社会主义民主政治的特质和优势,打破以往社会公众认为人大工作神秘而专业的偏见,改变公众认为人大工作“看不懂”“太专业”“不接地气”的看法。更好地通过报道来引导群众和服务群众了解人大制度和人大工作。要让人民群众经常看到人大领域的新闻报道、听见人大代表的声音。

结语

做好人大新闻舆论工作,是展示社会主义民主政治优越性的重要方式。步入新的发展阶段,人大新闻舆论工作要以习近平新时代中国特色社会主义思想为指导,紧紧围绕党和国家发展大局的要求,坚定制度自信,强化责任担当,通过积极宣传报道人民代表大会制度和人大工作实践的新进展新成效,进一步展示中国特色社会主义民主政治、人民代表大会制度的显著优

势和生机活力，在全面建设社会主义现代化国家新征程上，更好发挥出新闻媒体推进国家治理体系和治理能力现代化的宣传引导作用。从事人大新闻舆论报道工作的记者，必须勤于学习、苦练内功、提高站位，不断增强脚力、眼力、脑力、笔力，写出有力度、有热度、有温度、有深度的好报道，通过讲述精彩中国人大故事，传播好中国声音，向全世界展示人民代表大会制度的独特优越性，展示社会主义民主政治的特质和优势。

第一部分　**制度建设**

明年将建成法规备案审查信息平台

（2016 年 12 月 20 日）

备案审查制度作为一项具有中国特色的宪法监督制度，担负着保障宪法和法律实施、维护国家法制统一的重要责任。依法治国首先是依宪治国，这就要求我们坚决维护宪法权威，切实加强宪法的实施和监督。

党的十八大以来，党中央多次对备案审查工作作出重要决策部署。党的十八届三中全会提出，健全法规、规章、规范性文件备案审查制度。党的十八届四中全会提出，加强备案审查制度和能力建设，把所有规范性文件纳入备案审查范围，依法撤销和纠正违宪违法的规范性文件，禁止地方制发带有立法性质的文件。中央办公厅专门下发文件，就建立法规、规章和规范性文件备案审查衔接联动机制提出明确要求。这在我们党的历史上还是第一次，为维护国家法制统一指明了方向，充分体现了党的领导、依法治国和人民当家作主的有机统一。

近年来，随着全面依法治国的推进，全社会的法治观念不断增强，越来越多的人民群众开始关注备案审查工作。对于违法违规的文件，不断有公民、组织向全国人大常委会提出审查建议。

记者从权威部门获悉，截至今年 10 月底，全国人大常委会共收到公民、组织审查建议 53 件，其中对法规、司法解释提出审查建议，属于全国人大常委会审查范围的 22 件。对于这些审查建议，全国人大常委会逐件进行了研究并认真处理，目前已办结 10 件。对发现存在与法律不一致问题的 1 件地方性法规，向制定机关提出了研究意见。对不属于审查范围的审查建议，按照有关规定移交有审查权的机关处理。

同时，为提高备案审查实效，全国人大常委会还对报送备案的行政法规、司法解释逐件进行主动审查研究。截至 10 月底，已对国务院公布的 6 件行政法规、“两高”公布的 20 件司法解释进行了审查研究。

完善备案审查制度强化实效

根据宪法规定，对规范性文件进行备案审查制度，是全国人大及其常委会监督宪法实施的重要方式。全国人大常委会一直对备案审查工作也非常重视。对于这项工作，全国人大法律委员会主任委员乔晓阳曾有个形象的比喻——“鸭子凫水”，意思是这项工作表面上看风平浪静，但下面一直在忙碌。

在去年举行的第二十一次全国地方立法研讨会上，张德江委员长强调，要完善备案审查制度、强化备案审查实效、健全备案审查机构，不断加强规范性文件备案审查工作。

2016 年，在第二十二次全国地方立法研讨会上，全国人大常委会副委员长李建国强调“不断加强和改进备案审查工作”，提出进一步深化对备案审查工作重要性的认识，进一步完善备案审查工作机制，进一步加强备案审查制度和能力建设。

所有这些，都体现党中央加强备案审查工作的新战略新要求，对今后开展备案审查工作具有深远意义。

记者采访中了解到，2016 年，全国人大常委会对地方性法规有重点地进行主动审查研究。围绕依法推进行政审批制度改革，在法律修改取消或者下放行政审批事项后，要求地方对存在与修改后的法律不一致问题的 30 余件地方性法规及时作出修改。开展专项审查，结合选举法修改和有关预算审查监督工作，对有关地方性法规进行主动审查。

同时，全国人大常委会还加大对提出审查建议的公民、组织进行反馈的工作力度，反馈工作逐步实现规范化、常态化。对属于全国人大审查范围的法规、司法解释审查研究结束后，向建议人告知研究结论；对不属于全国人大审查范围的其他规范性文件提出的审查建议，转送有关国家机关处理，并向建议人告知转送情况。

为进一步加强备案审查制度建设，全国人大常委会法工委进一步健全备案审查工作机制，研究起草了《全国人大常委会法制工作委员会法规、司法解释备案审查工作规程》。同时，做好法律询问答复工作。今年 6 月，江苏省南京市小学生代表提出了修改广告法的建议，对此，全国人大常委会法工委高度重视，认真研究，撰写报告，并以全国人大常委会法工委的名义给小学生回信，对他们积极参加社会实践提出完善法律建议的做法给予充分肯定，这也是最高国家立法机关首次对小学生的建议进行回复。

备案审查只能加强不能削弱

立法法修改后，设区的市被赋予地方立法权，立法主体数量大量增加，地方性法规的数量也大大增加。备案审查工作所要面对的，不仅仅是一个经过30多年建设形成的法律体系，更是一个体量不断增大的法律体系。地方人大常委会在法规制定、备案审查等工作中取得哪些经验，存在哪些问题或者困难以及应当如何解决这些问题，都成为需要认真研究的问题。

对于地方人大及其常委会来说，赋予设区的市以立法权后，要时刻注重通过备案审查、法规清理等各种方式维护国家法制统一，确保党中央决策部署在地方法规层面得到贯彻落实。由于立法主体和立法数量明显增多，备案审查工作只能加强，不能削弱。

近年来，地方各级人大常委会根据党的十八届三中、四中全会精神和立法法、监督法的有关规定，积极稳妥地开展了备案审查工作，取得了显著成果。各级人大常委会不断增强做好备案审查工作的积极性和主动性，牢固树立政治意识、大局意识、核心意识、看齐意识，把自觉维护党中央权威和集中统一领导贯穿到备案审查工作的全过程。

为推动备案审查工作规范化、制度化，有的地方探索工作监督和法律监督相结合的方式，与区县人大常委会联动，开展对政府规范性文件备案审查工作的专项评议，形成内外结合、上下联动的新机制，实现全覆盖；有的地方加强与政府法制部门的沟通协调，坚持适度提前介入，将“问题文件”处理在前，防患于未然。有的地方坚持普遍审查与重点审查相结合，在全面审查的基础上，围绕人大常委会确定的执法检查内容和专题询问题目，对与之相关的规范性文件进行重点审查；有的地方建立健全报送备案机制、主动审查机制、被动审查机制、督促纠正机制和责任追究机制。有的地方将问题分为合法性、合理性、技术性等几类情形，采取不同的处理方式；有的地方结合地方性法规实施效果，对地方性法规在司法适用和行政适用中存在的问题提出完善对策。有的地方加强备案审查规范化和信息化建设，积极推进建立信息化平台。有的地方加强备案审查机构建设,在人大常委会下设立专门的委员会或者办公室,抓好人员工作培训,努力加强备案审查工作队伍能力建设。

启动备案审查信息平台建设

人民群众对规范性文件的合宪合法性的关注度越来越高,新形势下加强和改进备案审查工作就显得更加紧迫,加强备案审查信息化建设就成为必然要求,这项工作的实质,就是加强备案审查能力建设。

没有信息化就没有现代化。2016年4月以来,基于对备案审查工作重要性、紧迫性的认识以及对备案审查工作面临新形势的判断,全国人大常委会启动备案审查信息平台建设。全国人大常委会法工委法规备案审查室、全国人大信息中心、全国人大常委会办公厅秘书局,组织精干力量成立联合工作组,在充分研究论证的基础上提出加快法规备案审查信息平台建设的建议,制定相关工作计划。

据悉,全国人大常委会法工委、信息中心、秘书局正紧密配合,抓紧工作,力争在明年上半年初步建成法规备案审查信息平台,实现31个省(市、区)和4个经济特区电子化报备,初步形成法规备案信息库。在此基础上,力争用3年左右的时间建立起覆盖全国、互联互通、功能完备、操作便捷的法规备案审查信息平台。这项工作的完成对于提高全国人大的备案审查信息化水平和工作能力,具有重要意义。

杜绝地方立法“放水”　加强改进备案审查工作

（2017 年 09 月 12 日）

维护社会主义法制统一，是完善中国特色社会主义法律体系的内在要求，也是地方立法必须遵循的法定原则和前提。加强备案审查工作，是完善宪法监督制度、维护社会主义法制统一的重要抓手，对于加强和改进立法工作，提高立法质量具有重要的促进作用。备案审查制度具有两重基本功能：一是保证中央令行禁止；二是保证宪法法律实施。党的十八届三中、四中全会和宪法法律都对备案审查工作提出了明确的要求。

9 月 6 日至 7 日，第二十三次全国地方立法工作座谈会在广西南宁举行。会议对下一步备案审查工作提出了“有件必备”“有备必审”“有错必纠”的明确要求。“有件必备”，即实现备案全覆盖，只要规范性文件的制定主体属于人大监督对象，其制定的规范性文件就都应当纳入备案审查范围；“有备必审”，要通过主动审查、被动审查、重点审查等方式加强备案审查工作，要做到件件有处理、有结果、有回复；“有错必纠”，不搞变通，不搞下不为例，坚决纠正违宪违法违规问题，切实增强监督实效。

会议强调，对含有明显不适当内容、易引发或者带来较大争议的规范性文件，要认真研究，妥善处理；加强沟通协商，及时督促约谈，积极回应关切。对存在严重问题而又推诿扯皮、久拖不决、不积极作为的，要予以纠正和通报。

这些要求无疑都是针对加强工作力度、解决以往备案审查偏“软”而推出的重磅举措，这也成为此次座谈会与会人员重点关注的内容。

值得一提的是，记者在此次座谈会上获悉，6 月 28 日，浙江省杭州市人大常委会审议通过了《杭州市人民代表大会常务委员会关于修改〈杭州市道路交通安全管理条例〉的决定》，已于 7 月 28 日获得浙江省人大常委会会议批准，自 8 月 10 日起施行。根据决定，《杭州市道路交通安全管理条例》中违反行政强制法设立的行政强制措施被删除。

事情还要追溯到2015年10月,浙江省杭州市居民潘洪斌骑行的一辆电动自行车被杭州交警依据条例扣留。潘洪斌认为,该条例在道路交通安全法的有关规定之外,增设了扣留非机动车并托运回原籍的行政强制手段,违反了法律规定,因此于2016年4月致信全国人大常委会提出审查建议,建议对条例进行审查,请求撤销条例中违反行政强制法设立的行政强制措施。由于此事涉及地方性法规合法性和保护公民财产权利,全国人大常委会法工委高度重视,根据审查建议,就《杭州市道路交通安全管理条例》有关规定的相关问题进行了监督纠正。

如今,伴随杭州市人大常委会修改决定的公布,由一辆电动自行车引发的地方条例是否违反上位法的备案审查建议得到圆满解决。

地方探索创新备案审查体制机制

记者从本次座谈会上获悉,近年来,地方各级人大常委会积极探索创新备案审查工作体制机制,积极开展主动审查和被动审查,适时开展法规清理,备案审查制度和能力建设取得明显进展。

有的地方切实加强省市县三级机构设置,实现区县级人大全覆盖;有的地方加强制度建设,健全工作机制,加大纠错力度,增强制度约束刚性;有的地方探索建立定期向人大常委会报告专项工作制度、备案审查情况通报制度、与党委政府之间衔接联动和相互协作制度;有的地方坚持统专结合,统筹法制工作机构、备案审查机构和专委会、其他工作机构协同开展工作,同时注重发挥代表、专家和社会的作用;有的地方注重队伍建设,通过多种方式,提升工作队伍的能力水平;有的地方积极推进备案审查信息平台建设,借助现代技术手段提高备案审查能力和工作效率,等等。这些举措,都推动地方备案审查工作不断走向深入。

但与此同时,我们也看到,一些地方立法不能及时跟进,影响改革举措落地落实;一些地方立法突破、规避国家法律法规,限制公民、组织权利或者增加公民、组织义务,增加部门权力或者减轻部门责任等问题时有发生;个别地方甚至受利益驱使搞"立法放水",降低国家法律法规标准,造成严重后果。

不久前,党中央公开通报批评甘肃祁连山自然保护区生态环境遭受严重破坏的问题,明确提到《甘肃祁连山国家级自然保护区管理条例》将国家规定禁止的10类活动缩减为3类,深刻指出"在立法层面为破坏生态行为'放水'问题,令人惊诧、发人深省"。记者了解到,此事发生之后,全国人大常委会法工委已启动相关审查工作,要求各地针对自然保护区保护等方面的问题,认真对照检查,对存在的与党中央精神相背离的规定,与国家法律、行政法规相抵触的规定以及存在的打"擦边球"的情况,开展自查自纠。

理解不一致备案审查困惑不少

不少来自地方人大的法工委负责同志反映,备案审查工作虽然现在逐步加强,但在实际执行过程中还是有一些问题。

上海市人大常委会法工委主任丁伟前阵子遇到了一件棘手的难题。因为金钱豹事件发生,上海党政部门有同志想搞专门的立法,但上海人大有同志认为针对这个进行商业立法存在问题。"这应该是属于基本制度,不是地方能规定的。国家没有授权,地方怎么来规定? 怎么来立法?"丁伟说,"在推进改革当中,政府往往有些需求,从合理性来讲是可以的,但是从立法程度上考虑,就会遇到法律上的禁区。"据丁伟介绍,上海市人大常委会这些年对备案审查作了探索。比如,提出立法需求以后,首先对合法性进行评估,这样一来,一些明显与上位法不一致的问题,在最初就可以解决掉。"我们在地方立法当中经常会遇到一些问题,党政部门有自己的立法要求,我们立法部门也有自己的研究,有时二者的观点并不一致。"

广西壮族自治区人大常委会法工委主任陈伟雄也遇到了困惑。"怎么做到备案审查的全覆盖,涉及到备案主体问题。我们去年修改了规范性文件备案审查条例,把法院、检察院都作为审查单位,把'两院'出台的规范性文件也都纳入进来。但是这有争论,规范性文件的定义、内涵目前还没有权威的界定,尤其是政府'红头文件',光我们自治区政府的发文就有300多件,哪些属于规范性文件不好确定。"

"关于备案审查,在立法法、监督法中规定得都比较原则。到底什么是规范性文件,各地对内涵、外延的理解都不一样。"四川省人大常委会法工委主任田万国举例说,各地人民法院和人民检察院虽然无权作出司法解释,但是有权出台指导地方审判的文件，对于这些文件，该怎么去界定和看待？“保证司法公正是很有必要的，这些文件如果不纳入审查范围，就没有约束。”田万国说。

浙江省人大法工委副主任任亦秋介绍，“规范性文件的审查范围到底是什么，全国人大常委会法工委也开过研讨会，但仅是理论上。规范性文件备案审查，除了有件必备、有错必纠，我们也进行了重点审查，政府规章一年差不多有10件左右。而且这几年备案审查的标准越来越严了。”但他同时指出，在很多设置方面，目前地方人大可能有新的理解，如果解读不一样都会有问题。尤其是设区的市存在的问题比较多，会有一些无视上位法规定的情况。

将实现审查工作全流程信息化

记者获悉，下一步，围绕切实加强备案审查制度建设，会议提出了多项具体要求和措施。

会议要求，对那些可能与中央精神或与改革方向不一致，或在施行中引发社会广泛关注甚至重大争议，或因现实情况与立法之初相比发生重大变化而不宜继续施行等情形，都要深入研究，适时作出调整和完善，确保中央决策部署贯彻落实，确保宪法法律一体遵循；发现可能存在违法违规问题的，要及时约谈函询，督促纠正，必要时依法提出书面审查意见、研究意见，明确督办程序和时限，加大督促力度，防止“久拖不决”。对于经过沟通协调后制定机关仍然拖延推诿、不予纠正的，要坚决依法撤销。

据了解，全国人大常委会正在积极推进备案审查信息平台建设，已取得阶段性进展，备案审查信息平台已开通运行，地方性法规已实现电子报备。下一步，将创建审查工作平台，实现审查工作全流程信息化；推动地方建立健全省级备案审查信息平台，并逐步向设区的市延伸，实现平台间的互联互通。

中央有要求　社会有关注　法律有规定　公民有诉求

向权力任性亮剑　备案审查取得突破性进展

（2018年03月01日）

对行政法规、地方性法规、司法解释开展备案审查，是宪法法律赋予全国人大及其常委会的一项重要职权，是全国人大及其常委会履行宪法监督职责的一项重要工作，是符合中国国情、具有中国特色的一项宪法性制度设计，是保障宪法法律实施、维护国家法制统一的制度安排。

党的十八大以来，以习近平同志为核心的党中央高度重视宪法实施和监督，强调加强备案审查工作。2013年党的十八届三中全会提出，健全法规、规章、规范性文件备案审查制度。2014年党的十八届四中全会提出，加强备案审查制度和能力建设，把所有规范性文件纳入备案审查范围，依法撤销和纠正违宪违法的规范性文件，禁止地方制发带有立法性质的文件。党的十九大报告提出，加强宪法实施和监督，推进合宪性审查工作，维护宪法权威。

回顾五年来十二届全国人大各项工作，备案审查工作无疑是亮点之一。数据显示，截至2017年12月上旬，全国人大常委会办公厅共接收报送备案的规范性文件4778件，其中行政法规60件，省级地方性法规2543件，设区的市地方性法规1647件，自治条例15件，单行条例248件，经济特区法规137件，司法解释128件。十二届全国人大以来，共收到公民、组织提出的各类审查建议1527件，其中2017年度1084件。

“中央有要求、社会有关注、法律有规定、公民有诉求，备案审查工作取得成效，应该说是一个从上到下、大家共同期待的结果，也是共同努力推进的一项重要工作。”全国人大常委会法制工作委员会法规备案审查室主任梁鹰用“突破性”三个字来形容本届全国人大常委会的备案审查工作。“可以说，备案审查工作越来越受到关注，是法治进步的重要体现。”

每个审查建议都得到认真对待

十二届全国人大以来，全国人大常委会将备案审查工作列入每年的工作要点和立法监督工作计划，全国人大常委会领导多次就加强和改进备案审查工作作出阐述、提出要求、作出部署，明确指出备案审查制度具有两重基本功能：一是保证中央令行禁止；二是保证宪法法律实施，同时还要发挥备案审查对提高地方立法质量的积极作用。

2017 年 12 月，全国人大常委会法工委主任沈春耀向全国人大常委会报告了备案审查工作情况，这是全国人大常委会历史上首次听取有关备案审查工作报告，今后还将成为制度性工作安排。据沈春耀介绍，五年来，全国人大常委会法工委对报送备案的 60 件行政法规、128 件司法解释逐件进行主动审查研究。审查发现 5 件司法解释存在与法律不一致或者其他问题，及时研究提出处理意见。

对于收到的审查建议，全国人大常委会法工委逐一进行审查研究，先后对有关道路交通管理、建设项目审计、计划生育管理、著名商标制度等地方性法规和有关附条件逮捕、夫妻共同债务承担等司法解释中存在的问题提出处理意见、积极督促纠正。与此同时，针对涉及预算审查监督、地方选举制度、行政审批制度改革、自然保护区等内容的地方性法规中存在的与上位法规定不一致等问题，有重点地进行专项审查研究，督促予以纠正。

从接到审查建议，然后登记、发函给相关制定主体、进行各方沟通、得到反馈意见、提出研究意见，再到让制定主体提出处理结果的意见，最终将结果反馈给提出审查建议的社会组织或者公民……尽管审查建议提出的主体不同、内容也不同，但是全国人大常委会法工委对每一个建议的工作流程都一丝不苟。“每一个审查建议，我们都是有件必审、有件必复，不管是谁提出，我们都会认真审查，都会将结果反馈回去，确保备案审查工作发挥应有的作用。”梁鹰说。

每位公民都可以撬动制度的变革

之所以说备案审查制度重要，原因之一就在于它是保障和维护公民基本权利的重要制度设计。但一直以来，出于各种原因，备案审查都给人一种神秘感，很多普通民众都认为备案审查很“高大上”，觉得距离自己很远。如今，这种情况发生了巨变。数据显示，十二届全国人大以来，全国人大常委会法制工作委员会共收到公民、组织提出的各类审查建议1527件。

民有所呼，我有所应。对于收到的各类审查建议，全国人大常委会法工委逐一进行认真研究，对审查中发现存在与法律相抵触或者不适当问题的，积极稳妥作出处理。浙江省1位公民就《杭州市道路交通安全管理条例》提起审查建议；内蒙古自治区1位公民就有关司法解释规定“附条件逮捕”制度提起审查建议；4位劳动法专家就地方计生条例中“超生就辞退”规定提起审查建议；108位研究生就多地著名商标法规提起审查建议；中国建筑业协会就地方审计条例中“审计结果作为建设工程竣工结算依据”规定提起审查建议；2017年十二届全国人大五次会议期间，有45位全国人大代表分别联名提出五件建议，要求对最高人民法院制定的《最高人民法院关于适用〈中华人民共和国婚姻法〉若干问题的解释（二）》第二十四条关于夫妻共同债务承担的规定进行审查……这些建议经全国人大常委会法工委审查后，相应的法规、文件被要求修改或叫停。通过媒体公开后，更是引起社会强烈反响。

尤其值得一提的是，自去年12月十二届全国人大常委会第三十一次会议首次听取备案审查工作报告以来，社会各界高度关注并反响强烈，审查建议的数量和内容都有所变化。不到两个月时间，全国人大常委会法工委共收到3000多件审查建议，超过前五年的总和。

“备案审查工作之所以取得这么多的突破性进展，成为大家关注的重点、焦点、热点，主要得益于过去五年党和国家极不平凡的大背景。”谈及备案审查工作为何会突然间变得这么“炙手可热”，梁鹰认为与四个因素密不可分：

一是重要性凸显。“法制统一是整个国家政治统一的基础，也是政治统一的根本保障。强调维护国家法制统一，从根本上讲就是为了保障国家政治统一。备案审查工作就是要确保中央政令畅通，防止政治多门、法治多门，确保党中央集中统一领导。”梁鹰说。

二是关注度提升。从党的十八届三中、四中全会提出加强备案审查工作，到党的十九大提出推动合宪性审查工作，中央对备案审查工作的关注度在提升,社会各方面的关注度也在提升。

三是工作力度加强。去年底,全国人大常委会首次对外公布一大批存在问题的法规和司法解释,备案审查工作真正开始亮剑,这些都引起了广泛关注。

四是工作机制创新。“围绕增强备案审查工作的刚性,我们采取了一些具体的程序、步骤,从督查、约谈到函询等。特别是过去一年充分借助媒体的力量来扩大社会影响,让全社会广泛关注备案审查制度,这些都起到了很好的作用。”梁鹰说。

每项地方立法权行使都不能“任性”

对于气象探测设置行政许可、规定一个公共厕所里不能出现几只苍蝇、预算审查监督内容超出本级人大及其常委会的职权范围、为了能利用税收减免政策来招商引资违背了税收法定基本原则……曾几何时,一些地方性法规突破法律规定,极大地损害了法律尊严,造成了十分严重的后果。对于这些“雷人法规”,全国人大常委会法工委发起专项审查,专门针对这种破坏法治的“任性”。

本届全国人大以来,全国人大常委会法工委多次开展专项审查。2015年,对与法律修改内容有关的107件地方性法规逐件进行审查研究,督促地方人大常委会对30件与修改后的法律规定不一致的地方性法规及时作出修改。2017年6月,在党中央通报甘肃祁连山自然保护区存在的突出问题及其深刻教训后,对专门规定自然保护区的49件地方性法规集中进行专项审查研究,并于9月致函各省、自治区、直辖市人大常委会,要求对涉及自然保护区、环境保护和生态文明建设的地方性法规进行全面自查和清理,杜绝故意放水、降低标准、管控不严等问题。

为防止久拖不决,2018年2月8日,全国人大常委会法工委正式向有关地方人大常委会发送督办函,督促有关地方修改相关地方性法规,要求有关地方尽快落实并在今年3月底前复函,尚没有修改废止的,要明确工作计划和时间安排,确保真正做到“有错必纠”。

据了解,开展“回头看”将是今年备案审查的第一项重点工作。防止出现“你提你的,我做我的”以及对审查研究意见不理不睬不办的现象发生。除了“回头看”,备案审查工作还将重点针对设区的市立法中出现的问题,环境生态保护领域法规中存在的一些问题,部门规章、地方政府规章、地方“两院”规范性文件中存在的问题。

推进信息平台建设实现备案全覆盖

近年来,备案审查信息平台建设取得了突破性进展。经过努力,全国人大备案审查信息平台已于2016年底开通运行。1949年以来现行有效的行政法规、司法解释和1979年授予地方立法权以来现行有效的地方性法规已经按照统一的格式标准全部上传至备案审查信息平台。2017年1月1日以后新制定的地方性法规已经逐件开展电子报送备案,今后新制定的行政法规、司法解释也将逐件开展电子报送备案。

除全国人大备案审查信息平台之外,现在已有18个地方已经建成或者基本建成地方备案审查信息平台,还有其他13个地方正在抓紧进行。据了解,今年上半年,所有省一级的备案审查信息平台都要建成,并逐步往设区的市延伸。互联互通的备案审查信息平台建立起来后,公民、组织就没必要通过写信,而是可以直接在网上提出审查建议。

沈春耀表示,下一步,将加强备案审查工作,坚决纠正违宪违法问题,只要规范性文件的制定主体属于人大监督对象,其制定的规范性文件都应当纳入备案审查范围,实现备案全覆盖;加强备案审查制度建设,制定统一的工作规范,逐步实行按年度向人大常委会报告备案审查工作情况制度;加强能力建设;加强理论研究;加强对地方人大的指导。

全国人大常委会法工委相关部门研究起草备案审查工作规定

聚焦规范性文件备案审查关键问题

（2018年10月16日）

对行政法规、地方性法规和司法解释开展备案审查，是宪法法律赋予全国人大常委会的一项重要职权，是全国人大常委会履行宪法监督职责、保障宪法法律实施、维护国家法制统一的一项重要工作。

记者近日从相关部门独家获悉，我国备案审查工作又有新动作。为实现备案审查工作进一步规范化制度化，全国人大常委会有关方面正在研究起草备案审查工作规定，此举对各级人大开展备案审查工作将起到极大的推进作用。

党的十八届三中全会提出，健全法规、规章、规范性文件备案审查制度。党的十八届四中全会提出，加强备案审查制度和能力建设，把所有规范性文件纳入备案审查范围，依法撤销和纠正违宪违法的规范性文件，禁止地方制发带有立法性质的文件。党的十九大报告明确指出："加强宪法实施和监督，推进合宪性审查工作，维护宪法权威。"

近年来，全国人大常委会主动适应备案审查工作新常态，不断加大审查力度、完善审查机制、提高审查质量、拓展审查渠道，在加强备案审查制度和能力建设方面，通过备案审查工作维护法制统一方面，做了大量卓有成效的工作，监督力度不断加大，成果显著，在全国产生了重大影响，为地方开展备案审查工作树立了榜样。

从"备而不审、审而不纠、纠而不改"到现在的"有件必备、有备必审、有错必纠"，我国备案审查制度经历了长期的过程。2017年12月，十二届全国人大常委会第三十一次会议首次听取了全国人大常委会法工委关于十二届全国人大以来暨2017年备案审查工作情况的报告，这也是全国人大常委会第一次向社会公布备案审查制度的运行情况。此举既是落实党的十九大报告明确提出的要加强宪法实施和监督，推进合宪性审查工作，维护宪法权威的重要举措,也是备案审查制度的一项历史性突破。

记者在采访中了解到,目前《全国人大常委会规范性文件备案审查工作规定(试行)草案》(以下简称草案)已形成讨论稿,草案贯彻了中央有关备案审查工作的要求,对全国人大常委会和地方各级人大常委会备案审查工作中的许多重大疑难问题作出了界定。全国人大常委会法工委法规备案审查室于近期专门召开座谈会,邀请地方人大相关负责人以及多位高校专家学者参加。与会人员重点围绕规范性文件的界定、人大备案范围、规范性文件被撤销或者纠正后的溯及力等草案中涉及的重要问题进行深入讨论。

焦点一:规范性文件的范围该如何界定?

草案对规范性文件的范围进行了定义。草案规定,地方各级人大常委会对于规章和本级人民政府、下一级人大及其常委会依程序制定并公开发布以及经本级人民政府批准以政府办公厅(室)名义发布的,约束不特定公民、组织的行为或者影响不特定公民、组织的权利义务,在一定时间内反复适用的其他规范性文件,以及本行政区域内同级人民法院、人民检察院制定发布的属于审判、检察工作范围的规范性文件,参照本规定进行备案审查。

对此,有与会人员认为,借鉴党内规范性文件备案审查有关规定的做法,应当对不属于规范性文件的四类情况作排除性的规定,即,第一类是关于人事任免、表彰、机构设置等的文件,第二类是请示报告、会议报告、领导讲话,第三类是机关内部的工作制度,工作方案等,第四类是其他不能反复适用的文件。还有意见提出,实践中有些文件虽然不是对社会公开发布,有的还定了密,但也存在规范性的内容。有的文件虽然针对特定人群,但也存在限制权利增加义务的情况,比如涉及公务员的奖惩、处分、录取、休假,针对失信人员限制消费等方面的规定。鉴于此,建议不将“公开发布”和“不特定”作为认定规范性文件的要素,或者研究对此类文件如何监督。

对于哪些规范性文件属于人大的备案审查范围,与会人员也提出了多方建议。有观点建议将党政联合发文纳入人大备案审查范围,规定党政联合发文同时向党委和人大分别备案,人大审查发现可能存在问题的,可以向党委提出研究意见和处理建议,根据党委意见处理;有观点建议将国务院部门根据法律授权制定的规章或者规范性文件纳入全国人大常委会备案审查范围,将地方政府部门根据地方性法规授权制定的规范性文件纳入地方人大常委会备案审查范围;有观点建议,将国务院部门制定的具体应用法律问题的解释,以及经国务院同意、以国务院办公厅名义发布的规范性文件,均纳入全国人大常委会备案审查范围;还有观点建议,与宪法修改相适应,应考虑下一步修改有关法律,将国家监察委员会制定的规范性文件纳入全国人大常委会备案审查范围,将地方监察委员会制定的规范性文件纳入同级地方人大常委会备案审查范围。

此外,有与会人员认为,对是否将具有规范性内容的会议纪要纳入备案审查范围应作进一步研究。

焦点二:审查标准应有哪些?

对规范性文件进行备案审查须按照明确的审查标准进行,因此,草案从合法性、适当性等多个方面对审查标准加以明确。

首先,对于合法性,草案规定了应当认定为与法律相抵触的八种情形,其中,有四项规定:(二)超越法规、司法解释的制定权限,限制或者减损公民、法人和其他组织合法权利或者增加其义务,增加或者扩大国家机关的权力或者缩减其责任;(三)没有法律依据,超越法定权限增设新的行政许可、行政处罚、行政强制,或者虽然依据法律设定的行政许可、行政处罚、行政强制作出具体规定,但是行政许可超出法律规定的条件、程序、期限,或者行政处罚超出法律规定的行为、种类、幅度,或者行政强制措施超出法律规定的对象、条件、种类;(五)法律没有明确规定,其内容与法律的立法目的或者原则明显相违背;(七)对依法不能变通的事项作出变通,或者变通规定违背法律的基本原则。

对于草案的这些规定,与会人员提出了多项修改意见。有意见认为,不得"限制或者减损公民、法人和其他组织合法权利或者增加其义务"是对规章的审查标准,不应适用于行政法规和地方性法规;有意见建议,将第(三)项修改为"没有法律依据,超越法定权限增设新的行政许可、行政处罚、行政强制,或者虽然依据法律设定的行政许可、行政处罚、行政强制作出具体规定,但是与法律规定相抵触",从而为将来行政三法的修改留有余地;有意见提出授权决定没有规定特区法规不能变通的事项,建议将第(七)项作为适当性审查的标准。还有与会人员认为，鉴于第（五）项规定的与立法目的或者原则相违背是非常主观的标准，因此实践中作出判断时必须慎重，应当把握两个原则：一是严重性，即违背立法目的或者原则已经达到了一定的严重程度；二是社会共识性，即社会对该规定违反立法目的或者原则已经基本达成共识。

其次，对于适当性标准，草案规定了法规、司法解释应当认定为不适当的九种情形，其中有六项规定：（一）与党中央的重大决策部署不相符；（二）与国家的重大改革方向不一致；（四）对公民、法人或者其他组织的权利和义务的规定明显不合理，或者为实现立法目的所规定的手段与立法目的明显不匹配；（六）因现实情况与立法之初相比发生重大变化而不宜继续施行；（七）违反立法法第七十三条，明显脱离本行政区域实际情况而简单照抄照搬上位法或者其他法规的有关规定；（八）变通明显无必要或者不可行，或者不适当地行使制定经济特区法规、自治条例、单行条例的权力。

对此，有意见认为，适当性不应作为全国人大常委会对行政法规、地方性法规和司法解释进行审查的标准，可以考虑作为工作监督的内容，如果要将适当性作为审查标准，建议考虑同宪法、立法法、监督法等法律的衔接；还有意见认为，对法规、司法解释进行适当性审查是必要的，但是在处理上应当与合法性审查有所区分。对存在合法性问题的，可以采用撤销方式纠正，对存在适当性问题的，不应采用撤销方式，可以采用告知、通知等方式纠正。

焦点三：被撤销或纠正后的规范性文件溯及力该如何认定？

草案规定，行政法规、地方性法规被全国人大常委会依法撤销的，自撤销的议案通过之日起失效。全国人大常委会依照监督法第三十三条通过关于要求最高人民法院或者最高人民检察院修改、废止司法解释的议案的，司法解释自议案通过之日起停止施行。同时，草案还规定，法规、司法解释被依法撤销或者纠正的，以原法规、司法解释为依据制定的规范性文件自法规、司法解释失效或者停止施行之日起停止适用。

对此，有意见认为，应当对被撤销或者纠正的法规、司法解释违反上位法的情形作出区分:如果是因为违反制定时的上位法被撤销、纠正的,应当自始无效;如果是因为上位法发生变化后没有及时修改被纠正的,严格来说不应属于备案审查的范畴,而属于对法规、司法解释进行清理的范畴。

还有意见提出,对已经依据被撤销、纠正的法规、司法解释处理的具体案件,原则上应从维护法律秩序的安定性出发,维持其既判力。但是对于涉及公民、组织特别重大利益的,应当从维护公民、组织合法权利出发予以纠正。

同时,有与会人员建议在该条中增加规定,即"法规、司法解释被纠正或者撤销后,依据该法规、司法解释制定的规章、规范性文件应当及时进行修改或者废止"。

另据记者了解,草案还对合宪性审查的启动条件、审查方式和结论等内容作出明确规定,全国人大常委会法制工作委员会对公民、组织提出的合宪性审查建议应当进行研究。研究认为可以适用有关法律得出审查结论的,依据有关法律规定进行合法性审查。研究认为不能适用法律得出审查结论的,送请全国人大宪法和法律委员会进行合宪性审查。

对此,与会人员提出了多项建议。有意见指出,全国人大常委会法制工作委员会研究认为必须适用宪法得出审查结论的,应当提出初步审查意见后再送全国人大宪法和法律委员会进行合宪性审查。有意见认为,合宪性审查应当设定严格的启动程序,要规定专门的提出主体资格和专门的启动标准、审查程序、处置方式等。合宪性审查的对象也应严格限定在国家一级机关的行为。此外,还有意见建议在草案中增加宪法和法律委员会对送请进行合宪性建议的审查程序等规定。

备案审查由“鸭子凫水”变乘风破浪

（2019年02月26日）

熟悉和不熟悉备案审查工作的人都会觉得，备案审查工作已变了模样。尤其是刚刚过去的2018年，备案审查工作亮剑多个领域，剑指“问题法规”，回应社会关切，为新时代备案审查制度发展注入了新的内容。

出于种种原因刻意保持低调、对纠正的案例基本不对外公开……长期以来，备案审查工作一直蒙着一层神秘的面纱。十二届全国人大法律委主任委员乔晓阳曾形象地把这一时期的备案审查工作形容为“鸭子凫水”，意思是虽然从水面看鸭子保持不动，但是鸭子的脚在水下还是很忙的。

如今，情况已经发生很大的变化。党的十八届三中全会以来，备案审查工作实现了历史性突破，已不再是“鸭子凫水”，而是变为乘风破浪的一艘航船。

回顾2018年，备案审查工作可谓可圈可点。一年来，制定机关共向全国人大常委会报送备案行政法规、地方性法规、司法解释1238件，其中行政法规40件，省级地方性法规640件，设区的市地方性法规483件，自治条例和单行条例33件，经济特区法规24件，司法解释18件。过去一年，全国人大常委会法工委共收到公民、组织涉及规范性文件的各类来信来函4578件，可以明确为审查建议的有1229件，其中属于全国人大常委会备案审查范围的有112件，占9.1%。

“从备案审查工作情况看，行政法规、地方性法规、司法解释的内容总体上是适应实际需要的，是符合宪法法律的。”全国人大常委会法工委主任沈春耀在总结去年的备案审查工作整体情况时说，2018年，在全国人大常委会领导下，法工委按照党中央提出的“有件必备、有备必审、有错必纠”的要求，积极开展备案审查工作，加大监督纠正力度，加强备案审查制度和能力建设,为全国人大常委会依法履行备案审查职责提供服务保障,备案审查工作取得了新进展。

保证中央令行禁止
推动环保规范性文件全面清理

打好污染防治攻坚战,是党中央确定的“三大攻坚战”之一。2018 年 7 月,新一届全国人大常委会加开了一次常委会会议,这在以往并不常见。

此次会议的一个重要议程是审议通过了《全国人民代表大会常务委员会关于全面加强生态环境保护依法推动打好污染防治攻坚战的决议》。该决议提出:“抓紧开展生态环境保护法规、规章、司法解释和规范性文件的全面清理工作,对不符合不衔接不适应法律规定、中央精神、时代要求的,及时进行废止或修改。”全国人大常委会办公厅向有关方面发函,要求做好生态环境保护法规、规章、司法解释等规范性文件的全面清理工作。

为督促抓紧制定完善大气污染防治方面的地方性法规,全国人大常委会法工委向各省(区、市)人大常委会发出《关于加强加快大气污染防治和生态环境保护地方立法工作的意见》。各地随即抓紧开展生态环境保护地方政府规章和规范性文件的全面清理工作。

全国人大常委会法制工作委员会关于 2018 年备案审查工作情况的报告显示,经过一年多持续努力,各地清理发现存在与上位法规定不一致等问题需要研究处理的法规共 1029 件,目前已修改 514 件、废止 83 件,还有 432 件已列入立法工作计划,拟抓紧修改或者废止。同时,各地严格按照全国人大常委会执法检查报告要求,大力开展大气污染防治条例的制定、修改工作,31 个省(区、市)人大常委会已经全部完成大气污染防治地方性法规制定、修改工作,其中新制定大气污染防治条例 17 件、修改 14 件。

专项清理活动确保了中央精神落地落实、执行到位,成为备案审查工作确保中央令行禁止功能的具体体现。

积极回应社会关切
以人民群众利益为基本出发点

保障公民合法权利、维护人民群众的根本利益,是备案审查工作的一个重要功能，也是基本出发点。

限行、限号、“捆绑式”机动车年检……一段时间以来，对这些道路交通管理地方性法规、部门规章等规定的内容合法性提出的质疑不绝于耳。

针对公民建议审查地方道路交通管理法规来信较多的情况，2018 年，全国人大常委会法工委集中开展了对道路交通管理地方性法规、部门规章的专项审查研究。重点审查研究其中有关道路交通管理措施和行政处罚、行政强制的规定是否符合上位法，是否不当限制公民权利或者增加公民义务。在调查研究的基础上，全国人大常委会法工委与一些地方人大常委会及公安部、生态环境部作了沟通。下一步，将针对审查研究中存在的问题，与制定机关深入沟通并督促解决。

向全国人大常委会提出对法规、司法解释的审查建议，是立法法、监督法赋予公民的一项重要权利，也是人民群众对法规、司法解释制定工作进行监督的一个重要渠道。

过去的一年中，全国人大常委会法工委根据公民审查建议，进行了多项审查研究，包括推动最高人民法院对婚姻法司法解释（二）第二十四条进行修改完善、对最高院将“驯养繁殖物种”纳入有关“珍贵、濒危野生动物”范围的规定进行审查研究、对最高检有关“当事人对一审民事判决、裁定未提出上诉而向人民检察院申请监督的，人民检察院不予受理”的规定进行审查研究、对河北省《河北省人民代表大会常务委员会关于促进农作物秸秆综合利用和禁止露天焚烧的决定》中有关规定进行审查研究、对《上海市道路交通管理条例》进行审查研究。对发现的问题，全国人大常委会法工委认真开展审查研究，通过与制定机关沟通、提出书面研究意见等方式，加大监督纠正力度，推动相关问题妥善解决。

全国人大常委会法工委法规备案审查室副主任田燕苗透露，今年还将进一步加大备案审查的宣传力度，积极回应审查建议的关切。“对审查建议人提出的审查建议，我们在研究处理工作完成以后都会向建议人反馈，这也是公开备案审查工作结果的一种方式。”

增加公开透明程度
推动报告制度向设区的市延伸

实现备案审查工作的显性化公开化，是近年来全国人大常委会法工委积极推进的一项工作。一方面,建立健全了备案审查工作情况向全国人大常委会报告制度;另一方面,加强对备案审查工作的宣传力度,探索建立备案审查工作信息公开机制,取得良好效果。

伴随备案审查工作深入发展,其重要作用也日益突显,社会各界关注度空前提高,在地方各级人大当中也产生了极大的示范和带动作用。尤其是全国人大常委会听取审议备案审查工作情况报告的做法在地方各级人大常委会当中产生极大示范和带头作用。

“人大常委会听取审议备案审查工作情况报告制度的健全和实施,将为备案审查工作的公开透明奠定良好基础。”据田燕苗介绍,去年,相当数量的省级、市级人大常委会也开始安排听取和审议备案审查工作,带动地方各级人大常委会备案审查工作的深入开展。从今年开始,全国人大常委会法工委将逐步推动备案审查工作报告制度向设区的市延伸。

纵深推进制度建设
将出台工作规定规范审查程序

备案审查制度的影响力日益显现,其自身也在不断完善。

为适应新时代对备案审查工作提出的新任务新要求,及时总结近年来备案审查工作积累的新实践新做法,使全国人大常委会的备案审查工作更加制度化、规范化,同时也为地方各级人大常委会开展规范性文件备案审查工作提供具体指导和参照依据,全国人大常委会法工委从 2017 年开始着手研究起草统一的备案审查工作规定。2018 年已完成了《全国人大常委会规范性文件备案审查工作规定(试行)草案》。草案经进一步修改完善后将适时出台。

据悉,草案从多方面完善备案审查工作制度,包括进一步明确备案范围,健全审查程序,细化审查标准,强化制度刚性。此外,草案探索建立健全提醒、通报、函询、约谈等工作机制,强化刚性约束,明确督办程序和时限,防止久拖不决,做到“有错必纠”。

全国人大常委会开通备案审查“网络直通车”

（2019年12月06日）

12月4日，第六个国家宪法日，我国备案审查工作又有了一项重磅举措推出——全国人大常委会在中国人大网上正式开通在线提交审查建议功能。公民今后在线即可向全国人大常委会法工委提交审查建议，而在此之前只能通过写信这一渠道向全国人大常委会法工委提起审查建议。

备案审查是我们国家维护法制统一、维护宪法权威的一项重要的宪法性制度。向全国人大常委会提出对法规、司法解释的审查建议，是立法法、监督法赋予公民的一项重要权利，也是人民群众对法规、司法解释制定工作进行监督的重要渠道。党的十九届四中全会通过的《中共中央关于坚持和完善中国特色社会主义制度　推进国家治理体系和治理能力现代化若干重大问题的决定》中再次提出了“加强备案审查制度和能力建设，依法撤销和纠正违宪违法的规范性文件”的要求。

“备案审查制度，可以说是最高国家权力机关为公民权利救济提供的‘最后一道屏障’。任何一位普通公民，通过提出审查建议，就可以撬动最高国家权力机关的审查程序，以此表达利益诉求、寻求法律救济。”全国人大常委会法工委备案审查室主任梁鹰说。

2017年12月，全国人大常委会首次听取和审议备案审查工作情况报告，这在社会上产生了很大的反响，审查建议的数量出现大幅度的增加。不但整体增长速度快，涉及领域也很广，主要聚焦国家法制统一、人民生活多个领域。2018年度全国人大常委会法工委备案审查工作报告显示，全国人大常委会法工委共收到公民、组织涉及规范性文件的各类来信来函4578件，可以明确为审查建议的有1229件，其中属于全国人大常委会备案审查范围的有112件，占9.1%。通过备案审查工作，多个社会关注的现实问题得到积极推动解决。

此次开通网上渠道后，今后公民提交备案审查建议可按照以下具体路径进行操作:首先,在中国人大网首页左侧点击进入“审查建议在线提交”模块,即可进入全国人大备案审查信息意见建议平台。在这个平台上,可以查询到法规标题、法规性质、公布时间、报备机构等信息。之后,点击要提审查建议的法规或者司法解释,填写姓名、身份证号、手机号等注册信息进行实名注册,填写建议审查的理由,保存后点击提交,即可完成审查建议在线提交。

据了解,对收到的公民审查建议,全国人大常委会法工委有一套专门的程序进行处理,会逐一进行登记、审查研究,发现存在与法律不适当的问题,积极稳妥处理。对不属于全国人大常委会审查范围的审查建议,通过备案审查衔接联动机制转送有关方面研究处理,并对审查建议的办理情况进行跟踪。审查建议办理完毕后,及时向审查建议人反馈研究处理情况。

备案审查作为宪法性制度已被全面激活

（2020年11月10日）

对行政法规、地方性法规、司法解释开展备案审查，是宪法法律赋予全国人大及其常委会的一项重要监督职权。近日，首次全国性备案审查经验交流现场会在湖南省岳阳市召开。

“党的十八大以来，适应新形势新任务新要求，备案审查工作以前所未有的力度、广度和深度推进，在制度、能力、理论、队伍建设等各方面都取得了突出进展。”全国人大常委会法工委副主任张勇在会上指出，备案审查作为宪法性制度已被全面激活，制度的作用正在充分发挥，影响力正在日益彰显。

值得一提的是，2015年3月，十二届全国人大三次会议修改立法法，对地方立法体制作出重大调整，同时也对备案审查制度作了完善。

此次会议旨在进一步推动地方人大备案审查“动起来”，依法规范有力进行监督。会议明确提出，下一步，地方备案审查工作要着力在严格执行《法规、司法解释备案审查工作办法》（以下简称《办法》）上下功夫，做到马上执行不拖延，全面执行不打折。

备案审查工作取得多方面进展

一年前，我国备案审查制度建设方面取得重大成果。2019年12月16日，十三届全国人大常委会第四十四次委员长会议通过了《办法》，包括总则、备案、审查、处理、反馈与公开、报告工作、附则七章，共计57条。

《办法》根据备案审查工作面临的新情况、新问题，在总结近年来全国人大常委会和地方各级人大常委会开展备案审查工作实践经验的基础上，按照“有件必备、有备必审、有错必纠”的要求，对备案、审查、处理、反馈、公开、报告等各个环节作出具体规定，进一步明确备案范围和审查职责，细化审查程序和审查标准,使全国人大常委会的备案审查工作更加制度化、规范化,同时也为地方各级人大常委会开展规范性文件备案审查工作提供了具体指导和参照依据。可以说,《办法》的出台具有里程碑意义。

近几年来,备案审查工作取得了引人瞩目的多方面进展,具体表现为:实现电子报备全覆盖,能力建设成绩斐然;制度建设实现突破,工作机制不断完善;备案范围有所扩大,审查对象日益明确;审查方式与时俱进,纠正力度不断增强;合宪性审查稳步推进;专项工作报告日益制度化,社会影响力持续扩大;理论研究日趋活跃,学术成果不断涌现;国家法律法规数据库初步建成;工作机构得到加强,人员素质有所提高。

地方备案审查工作全力加速

有这样一个直观对比——

2014 年,全国人大常委会法工委法规备案审查室对全国县级以上地方人大备案审查工作机构设置和人员配备情况做过一次统计。当时的情况是,317 个设区的市、自治州人大中,仅有 160 个设置了备案审查工作机构;2839 个县级人大中,设置备案审查工作机构的有 219 个,占比不足 8%,这 219 个县级人大中,还有 36 个只设了机构,没有配备人员。

2020 年,调查结果显示,截至 2019 年年底,市级人大(含设区的市、自治州、直辖市各区县、不设区的地级市)从事备案审查工作的人员约 740 人,平均每个市两人左右;县级人大(含县、市辖区、县级市、自治县)从事备案审查工作的人员约 2600 人,平均每个县 1 人左右。省、市、县三级人大从事备案审查工作的人员总计约 3440 人。

除了工作机构和人员得到明显加强,近年来各地人大及其常委会在推动备案审查工作上还有不少探索值得关注。

如,湖北省建立全面通报规范性文件报备情况的制度;河北省在全国首次首家开展备案审查条例的执法检查,全省动员、全员覆盖,抓到区县一级;江苏首创三方同步审查机制,解决审查难以及审查流于形式的问题;浙江省开展实战化培训,结合经典的案例,开展有实效有针对性的培训;广东省全力推进备审工作报告制度,短短两年时间实现了 21 个设区的市、140 多个县区备案审查情况的工作报告全覆盖;重庆市全力制定备案审查的基准,细化备案审查各环节的流程,健全备案审查的规范,为更进一步规范化开展工作提供制度支撑;云南省投入上千万元抓平台建设运营,覆盖所有县市区。

与此同时,一些设区的市也在不断创新工作机制。比如,岳阳市将备案审查工作摆在突出位置做到"三个第一次":每年第一次专题调研掌握备案审查情况;每年第一次主任会议部署备案审查工作;每年第一次常委会会议审议备案审查报告,每年 3 月的常委会会议听取审议上年度备案审查报告,等等。

地方工作仍面临一些问题

在不断创新和探索过程中,应当看到,目前地方备案审查工作还面临一些新的挑战。当前地方开展备案审查工作还存在着备案范围和审查标准不统一、审查程序和纠正方式不规范等现象,一定程度上制约了备案审查工作的深入开展。

一方面,设区的市获得立法权后,地方性法规的制定主体大幅增加,迫切需要全国人大常委会加大备案审查工作力度,完善备案审查制度,增强制度的刚性约束,通过备案审查有效保障中央政令畅通,维护国家法制统一,推动地方提高立法质量;另一方面,省级地方人大常委会批准、审查设区的市制定的地方性法规、地方政府规章的工作任务加重。特别是 2017 年党中央对甘肃祁连山国家级自然保护区生态环境问题进行通报后,各省级人大都感到备案审查工作责任重大。

据了解,各地工作开展仍不平衡,有的地方对备案审查工作认识不足、重视不够,导致工作流于形式、浮于表面;备案审查体制机制运转和衔接不顺畅,总体上仍缺乏有效的制度约束,还需要进一步建立健全;机构设置、人员配备不足,能力水平有待提升。

鉴于此,有地方同志建议适时研究修改监督法,将《办法》中关于备案范围、审查标准、纠正方式等方面的规定上升为法律规范,为地方人大全方位开展备案审查工作提供法律层面的依据。

推动普遍建立向常委会报告制度

要在各级人大常委会普遍建立向常委会报告备案审查工作情况制

度，两年内实现县级以上人大常委会备案审查工作报告全覆盖，是此次会议上透露出的信号之一。

“报告工作要列入常委会会议议程，在常委会会议上作口头报告并安排审议，根据审议意见修改完善后的工作报告要在常委会公报上刊登。要以报告工作为抓手，实现备案审查工作在常委会层面的显性化，推动备案审查工作不断取得实效。”全国人大常委会法工委法规备案审查室主任梁鹰说。

据悉，根据会议要求，尚未开展备案审查工作情况报告的市、州人大常委会要在今年年底明年年初，最晚于 2021 年上半年开展向人大常委会报告备案审查工作，并从明年起向区县一级人大常委会延伸。

“下一步，地方人大的备案审查工作要着重从全面推进、重点突破以及整体协同三个方面进行把握。要以实现显性化、常态化、制度化、规范化为目标。同时，以开展大培训、大调研、大交流、大探索、大督促五项任务为抓手，开创人大系统备案审查工作新局面，推动备案审查工作再上新台阶。”梁鹰说。

为全面正确实施民法典夯实基础

（2021年01月19日）

1月1日起，民法典正式施行。

民法典的顺利实施，离不开完善立法、统一司法和依法行政，需要在立法、司法、行政三个层面完善实施条件。根据民法典第一千二百六十条规定，婚姻法、继承法、民法通则、收养法、担保法、合同法、物权法、侵权责任法以及民法总则于2021年1月1日起民法典施行同时废止，在有关条款中明确依据前述法律制定的法规规章司法解释以及其他规范性文件均需要修改。这就意味着，清理同民法典规定和原则不一致的有关规定的工作提上日程。

记者近日获悉，全国人大常委会已于去年6月底专项部署开展全国范围内的与民法典相关的规范性文件专项清理活动，目前清理工作已经如期完成。

“由全国人大常委会主导的这次专项清理活动，是新中国成立以来并不多见的大规模的民事立法清理活动。对全面推进依法治国、维护国家法治统一，对社会各界稳预期和依法维护人民权益，对法治国家、法治政府、法治社会的一体建设，都具有极其重要的意义。”北京航天航空大学法学院教授、备案审查研究中心主任王锴认为，民法典编纂过程本身就是在法律层面对我国民事立法的一次大清理。伴随民法典的生效，相关民事规范性文件都应据此进行相应的立改废，以此才能保证整个民事法律制度体系内部的和谐统一。

落实民法典新制度新规定

民法典在原有民事单行法律的基础上，总结实践经验，坚持问题导向，体现时代特点，进行了很多制度创新，补充细化相关规定。

据介绍，此次清理过程中，各制定机关全面严格对照民法典，梳理查找法规规章、司法解释及其他规范性文件中存在的与民法典不衔接、不一致的规定，并制定明确的清理计划。

针对民法典在物权法基础上进一步完善建筑物区分所有权制度，强化业主对共有部分共同管理的权利，适当降低作出决议的门槛，完善公共维修资金的使用规则。目前，司法部已明确建议修订国务院《物业管理条例》，辽宁、西安等地已完成对于物业管理领域地方性法规的修改，其他地方物业管理地方性法规的修改工作也已纳入制定机关近期的立法工作计划。

针对现行农村土地承包领域地方性法规存在的与民法典关于农村土地“三权分置”规定不一致，以及未对农村土地“承包经营权”和“经营权”二者的行使方式作出明确区分等问题，山东、海南、重庆、四川、新疆等地目前均已就修改相关地方性法规提出明确的计划。

针对民法典在不动产登记领域的有关调整，天津、吉林、江苏等地已明确表示将适时修改有关地方性法规，落实民法典有关新规定。

针对目前地方现行的母婴保健条例及母婴保健法实施办法仍保留婚前医学检查的规定，河南、贵州、西藏等地明确表示将及时修改有关地方性法规，通过删除相关条款等方式与民法典保持一致。

为做好与民法典合同编的有效衔接，天津、河北、甘肃已将《天津市促进科技成果转化条例》《河北省技术市场条例》《甘肃省技术市场条例》纳入清理计划，将适时启动修改工作。

民法典确立了器官及遗体捐献的基本规则，明确自然人生前未表示不同意捐献的，死亡后其配偶、成年子女、父母可以采用书面形式共同决定捐献。清理发现，《上海市遗体捐献条例》允许除配偶、成年子女、父母以外的其他监护人办理遗体捐献登记手续，主体范围与民法典不一致。目前，该条例已由制定机关列入修改计划。

为落实民法典关于因“见义勇为”行为受到损害或造成损害相关民事责任的最新规定，四川、深圳、珠海已将《四川省保护和奖励见义勇为条例》《深圳经济特区救助人权益保护规定》《珠海经济特区见义勇为人员奖励和保障条例》列入 2021 年立法工作计划适时修改。

调整相关表述与民法典衔接

清理中发现,部分地方性法规中有些表述与民法典存在不一致的地方。

比如,一些地方仍将民事主体区分为“公民、法人和其他组织”,与民法典关于“自然人、法人、非法人组织”的民事主体分类标准不一致。又如,民法典增加了典型合同类型,并将“居间合同”修改为“中介合同”,《上海市合同格式条款监督条例》关于“房屋的买卖、租赁及其居间合同”“居住物业管理合同”等典型合同的表述与民法典不一致。

据悉,考虑到上述问题不涉及自然人、法人以及非法人组织的权利义务,为了确保与民法典的有效衔接,制定机关普遍表示将采取“打包”修改的方式对上述问题涉及的有关条款予以调整。

明确废止已明显过时规定

针对部分制定时间较为久远、已经不适应新时代经济社会发展要求的法规规章等,制定机关已明确建议或决定废止。

如,作为《铁路货物运输合同实施细则》原制定依据的经济合同法已于1999年被合同法废止,且该行政法规的主要内容已经与民法典有关要求明显不一致。又如,民法典第一千一百条规定“无子女的收养人可以收养两名子女”,《西藏自治区实施〈中华人民共和国收养法〉的变通规定》中关于“无子女的藏族和其他少数民族收养人可以收养两名子女”的规定已没有必要保留。

针对上述法规,司法部以及西藏人大均明确表示建议废止。

贯彻民法典绿色发展新理念

民法典的制定贯彻绿色发展理念,通过规范物权行使及合同履行,完善环境侵权责任制度,将绿色原则确立为基本原则。

清理过程中,制定机关对标民法典关于将“环境污染责任”上升为“环境污染和生态破坏责任”,增设环境侵权惩罚性赔偿制度,明确生态环境损害的修复和赔偿规则等内容，查找相关法规规章司法解释等在落实绿色发展理念方面存在的不足，及时予以修改或提出明确的清理意见。

如，为与民法典第一千二百三十二条关于惩罚性赔偿制度的规定相衔接，深圳人大建议修改《深圳经济特区生态环境保护条例》，针对故意严重污染环境的行为增加惩罚性赔偿的规定。再如，最高人民法院在对环境侵权司法解释进行修改时，增加“修复生态环境”的责任形式，在生态环境损害赔偿司法解释中进一步明确有权提出民事公益诉讼的机关，增加破坏生态环境的违法成本。

新制定司法解释同步实施

此次清理通知明确提出，对需要制定新的司法解释的，及时启动制定工作。

最高人民法院落实清理工作要求，在修改废止司法解释及相关规范性文件、停止参照适用指导性案例的同时，新制定 7 件司法解释，于 2021 年 1 月 1 日起与民法典同步施行。其中，一件主要关于适用民法典的时间效力，着重解决民法典与合同法、物权法等 9 部法律的新旧衔接问题。还有一件是关于适用民法典担保制度的司法解释。另外 5 件分别涉及物权、婚姻家庭、继承、建筑工程合同、劳动争议等方面。

“民法典增设了不少作为裁判依据的法律规范，这些新规则的司法适用标准和尺度应是民法典适用的重点。新的司法解释为正确和统一适用民法典奠定了坚实基础。”中国社会科学院法学所民法室主任谢鸿飞认为，下一步，与民法典有关的司法解释必须与民法典规则、价值理念保持一致，以问题为导向，解决法律适用过程中的具体问题，避免过度创设规则的现象，同时，注重与指导性案例制度的结合与相互促进，以增加司法解释的针对性。

值得一提的是，民法典增设了习惯作为新的法律渊源。“这也意味着，司法机关在适用民法典时，应高度关注各地区、各行业和各民族的习惯，以使民事纠纷的裁决结果更为公正合理。”谢鸿飞说。

涉民法典规范性文件专项清理已完成

（2021 年 01 月 19 日）

1 月 1 日起，新中国成立以来第一部以“法典”命名的法律——民法典正式施行。记者近日从全国人大常委会法工委获悉，为配合民法典的贯彻实施，维护国家法治统一和权威，全国人大常委会自去年下半年开展了民法典涉及法规、规章、司法解释及其他规范性文件专项审查和集中清理工作。目前专项清理工作已完成。

2020 年 6 月 29 日，全国人大常委会办公厅分别向国务院办公厅、最高人民法院办公厅、最高人民检察院办公厅以及各省、自治区、直辖市和深圳、珠海、汕头、厦门 4 个经济特区人大常委会发出通知，请他们对各自制定及批准的法规、规章、司法解释及其他规范性文件自行开展清理，对其中与民法典精神、原则和规定不一致的内容进行梳理，并制定修改或者废止的工作计划。对需要制定新的司法解释的，及时启动制定工作。

“各有关方面对此次专项清理给予高度重视，第一时间部署开展相关工作。”据全国人大常委会法工委法规备案审查室主任梁鹰介绍，此次专项清理工作重点围绕几方面展开：一是与民法典精神和民事活动必须遵循的基本原则相抵触或者不一致的；二是与民法典物权、合同、人格权、婚姻家庭、继承、侵权责任等分编的具体规定不一致或者不衔接的；三是涉及民法典的法规规章规范性文件之间明显不协调或者不一致的；四是不适应改革开放和社会主义现代化建设要求，规定的主要内容明显过时或者实际失效的。

此次清理发现，需要修改或者废止的规范性文件共 2850 件，其中行政法规 31 件、国务院规范性文件 5 件、部门规章和规范性文件 164 件、地方性法规 543 件、地方政府规章和规范性文件 1874 件、司法解释 233 件。有关方面已经修改 257 件、废止 449 件。最高人民法院为贯彻实施民法典新制定了 7 件司法解释。

根据国务院办公厅反馈的情况,31 个省(自治区、直辖市)和新疆生产建设兵团、国务院各部门共清理各类规章和行政规范性文件 2038 件。清理过程中,有关地区和部门还对 31 部行政法规和 5 件国务院规范性文件提出了清理建议。

根据地方人大提交的清理报告,31 个省(自治区、直辖市)和 4 个经济特区制定及批准的现行有效地方性法规中均存在与民法典不一致、需要进行处理的情况,共涉及 543 件地方性法规。其中,地方性法规 479 件、自治条例 7 件、单行条例 41 件、经济特区法规 16 件。目前,各地方已完成对 69 件地方性法规和 3 件经济特区法规的修改工作,同时已废止地方性法规 11 件、单行条例 1 件。下一步,拟修改地方性法规 355 件、自治条例 7 件、单行条例 32 件、经济特区法规 11 件,拟废止地方性法规 44 件、单行条例 7 件、经济特区法规 2 件,还有 1 件单行条例待立法评估论证后再决定修改或废止。

最高人民法院对现行有效的 591 件司法解释及相关规范性文件展开全面清理,决定废止司法解释及相关规范性文件 116 件,修改司法解释及相关规范性文件 111 件。最高人民法院还为贯彻实施民法典新制定 7 件司法解释,对 2011 年以来发布的 139 件指导性案例进行了全面清理,决定 2 件案例不再参照适用。

最高人民检察院对现行有效的单独或联合制发的与民法典相关的司法解释及司法解释性质文件进行了全面清理,拟废止最高人民检察院单独制发的司法解释和司法解释性质文件 5 件、与最高人民法院联合制发的司法解释性质文件 1 件。

“民法典涉及法规规章司法解释规范性文件专项清理是保证民法典顺利有效实施、维护国家法治统一的重要举措,覆盖面广、影响深远。”梁鹰表示,已对各有关方面清理工作开展情况进行了认真汇总梳理和研究。下一步,将从加快完善和发展中国特色社会主义法律体系的高度,督促各有关方面持续落实清理计划,推动同民法典相关联、相配套的制度体系建设。同时,加强对各有关方面在清理工作中制定、修改并报送全国人大常委会备案的法规、司法解释的主动审查,及时发现并纠正处理同民法典规定及精神不一致的规范性文件,保障民法典得到正确实施。

“国字号”备案审查专家委员会首次亮相

（2021年11月23日）

为了贯彻落实党中央关于加强备案审查制度和能力建设的部署要求，贯彻落实中央人大工作会议精神，充分发挥专家学者作用，加强备案审查理论研究，提高备案审查工作质量，全国人大常委会法工委成立备案审查专家委员会。11月19日，该专家委员会第一次会议在京召开。全国人大常委会法工委主任沈春耀，副主任张勇、武增出席会议。会上，沈春耀向受聘专家颁发了聘书。受聘专家结合自身开展学术研究的实践，围绕备案审查制度的历史、近年来取得的重大进展和未来发展展望、合宪性审查与备案审查的关系以及备案审查专家委员会的定位、作用等作了发言。

沈春耀听取专家发言后说，党的十八大以来，备案审查制度取得长足发展，备案审查工作取得明显成效，各方面的关注度也显著提升。备案审查工作连着宪法，连着人民代表大会制度，连着全过程人民民主，意义重大。备案审查里面有合法性问题、适当性问题，也有合宪性问题，涉及宪法实施和监督问题，与国家法治建设和民主政治密切相关。

沈春耀指出，不久前召开的中央人大工作会议对加强宪法实施和监督、提高备案审查工作质量提出了新要求。备案审查专家委员会的成立，将对全国人大常委会法工委做好备案审查工作，加强备案审查理论研究，提高备案审查工作质量，起到重要促进作用。希望通过备案审查专家委员会这个新机制，进一步密切与专家的沟通联系、交流，从理论上为备案审查实践提供支撑，从法理上讲通、讲好中国法治故事。

据悉，备案审查专家委员会是全国人大常委会法工委开展法规、司法解释备案审查工作的专家咨询团队，承担为全国人大常委会法工委开展备案审查工作提供专家咨询意见等工作。马怀德、王锡锌、王锴、张翔、林来梵、林彦、郑磊、封丽霞、胡锦光、莫纪宏、秦前红、韩大元12位专家学者受聘成为备案审查专家委员会首批委员。

涉行政处罚内容规范性文件专项清理已完成

（2021 年 12 月 07 日）

今年 7 月 15 日起，修订后的行政处罚法正式施行。此次修订是该法自 1996 年颁布实施 25 年来的首次全面修改。

对行政处罚法进行修订是为了贯彻落实党中央重大改革决策部署，推进国家治理体系和治理能力现代化，加强法治政府建设，完善行政处罚制度，解决执法中遇到的突出问题。记者近日从全国人大常委会法工委获悉，为保障修订后的行政处罚法贯彻实施，全国人大常委会法工委依法履行备案审查工作职责，在全国范围内开展了法规规章和其他规范性文件涉及行政处罚内容的专项清理工作。目前，清理工作基本完成。

"法规规章及其他规范性文件涉及行政处罚内容的专项清理是保障修订后的行政处罚法贯彻实施，维护国家法治统一的重要举措，涉及群众的切身利益。"据全国人大常委会法工委法规备案审查室主任梁鹰介绍，这次清理工作主要集中在三个方面：一是在行政处罚法扩大制定机关行政处罚设定权的前提下，进一步规范行政处罚的设定权，督促制定机关遵守立法权限边界；二是结合行政处罚法听证程序、简易程序等修改内容，进一步完善法规规章等关于行政处罚程序的规定，促进严格规范公正文明执法；三是除对照行政处罚法自查外，各有关部门对照其他相关上位法对法规规章等进行全面梳理。

自查清理工作成效明显

此次专项清理中，全国人大常委会办公厅分别向国务院办公厅和各省、自治区、直辖市以及深圳、珠海、汕头、厦门 4 个经济特区人大常委会发出通知，请他们对各自制定及批准的法规、规章及其他规范性文件自行开展清理,认真查找梳理与修订后的行政处罚法不一致、不衔接、不配套的问题,并制定修改或者废止的工作计划。

“对这次专项清理工作,各有关方面高度重视,积极部署,认真梳理查找问题,自查清理工作总体上进展顺利,成效明显,对存在的问题各有关方面均制定了详细的处理计划。”梁鹰说。

根据国务院办公厅反馈的情况,31 个省(自治区、直辖市)和新疆生产建设兵团、国务院各部门共清理出各类规章和行政规范性文件 3200 件需要修改或者废止。

其中,部门规章 184 件、地方政府规章 473 件、各部门行政规范性文件 426 件、各地方政府行政规范性文件 2097 件。根据部分地方和部门的清理建议,司法部经初步审查,建议对《中华人民共和国陆生野生动物保护实施条例》《中华人民共和国水生野生动物保护实施条例》《畜禽规模养殖污染防治条例》《中华人民共和国森林法实施条例》《证券公司风险处置条例》等 13 部行政法规予以修改或者待相关法规出台时予以统筹考虑,建议对《国务院办公厅关于加强环境监管执法的通知》《国务院关于国家重大科研基础设施和大型科研仪器向社会开放的意见》《国务院办公厅关于进一步完善药品生产流通使用政策的若干意见》等 7 件国务院规范性文件予以研究清理。

根据地方人大提交的清理报告,31 个省(自治区、直辖市)和深圳、珠海、汕头、厦门经济特区制定及批准的 812 件地方性法规及经济特区法规存在与修订后的行政处罚法不一致、需要予以衔接的情况。其中地方性法规 725 件、单行条例 82 件、经济特区法规 5 件。

规范行政处罚设定权限

修订后的行政处罚法扩大了制定机关行政处罚设定权。在此前提下,督促制定机关遵守立法权限边界是这次专项清理工作的重点之一。

修订后的行政处罚法扩大了行政法规和地方性法规的行政处罚设定权限,规定“法律对违法行为未作出行政处罚规定,行政法规为实施法律,可以补充设定行政处罚”“法律、行政法规对违法行为未作出行政处罚规定,地方性法规为实施法律、行政法规,可以补充设定行政处罚”。据悉,这一内容已经被制定机关积极应用于近期的立法实践中。如 2021 年 9 月通过的《山东省老年教育条例》对以养生、保健、投资、收藏等名义开展营利性讲座培训活动予以禁止，并设定了警告、没收违法所得等行政处罚。

修订后的行政处罚法将行政处罚的种类由八类扩展到十三类，将现行法律、法规中已经明确规定，行政执法实践中常用的行政处罚种类纳入行政处罚法，增加了通报批评、降低资质等级、责令关闭、限制开展生产经营活动、限制从业等行政处罚种类。

而在行政处罚法修改前，部分地方性法规和规章已经将“通报批评”“限制开展生产经营活动”“限制从业”等作为管理措施补充在法律责任条款中。因此，修订后的行政处罚法将其设定为行政处罚种类后，法规规章会出现对违法行为的处罚种类与上位法处罚种类不一致的情形，超出上位法的规定。同时，修订后的行政处罚法将“通报批评”“限制开展生产经营活动”“限制从业”等明确为行政处罚的种类，而有的规范性文件在此之前将其作为管理措施予以规定，这与行政处罚法第十六条“除法律、法规、规章外，其他规范性文件不得设定行政处罚”的规定不一致，需要制定机关作出修改或废止。

“从清理情况看，规范性文件这方面存在的问题占比较多。”梁鹰说。

跟进完善行政处罚程序

规范行政处罚程序是行政处罚法的重要内容。据悉，有的地方行政执法条例对照行政处罚法有关程序内容的规定，拟进行全面修改。

此次行政处罚法修改，增加行政执法公示制度、执法全过程记录制度，并完善重大执法决定法制审核制度；同时增加了疫情防控有关行政处罚程序，完善回避制度、告知程序、简易程序等有关内容。扩大听证范围，将没收较大数额违法所得、没收较大价值非法财物、降低资质等级、责令关闭、限制从业以及其他较重的行政处罚纳入听证范围；并适当延长听证申请期限，以有力解决听证率偏低等问题。通过清理发现，部分法规规章的听证程序存在范围过窄的问题。

修订后的行政处罚法规定，法律法规授权的具有管理公共事务职能的组织可以在法定授权范围内实施行政处罚。有的省在清理工作中发现，个别设区的市地方性法规将行政处罚执行权授予具有公共管理和服务职能的企业，制定机关拟进行修改。

此外，通过清理还发现，实践中有的法规规章针对违法所得行为未设置没收违法所得行政处罚。

督促各方落实清理计划

为保障行政执法公正高效，在清理过程中，制定机关拟调整相关表述与修订后的行政处罚法保持一致。

修订后的行政处罚法使用“处分”而不再使用“行政处分”的表述，二者表述的外延有所不同。清理中发现，有的省份有 96 件法规使用的是“行政处分”“政务处分”等表述，有必要进行调整规范。另外，有的法规规章需要将“违法物品”修改为“非法财物”；有的需要将“罚款收据”统一修改为“专用票据”等。

为保障行政执法有温度，修订后的行政处罚法完善从轻、减轻、不予行政处罚的法定情形，并增加行政处罚裁量基准。同时，对于到期不缴纳罚款作出加处罚款的，修订后的行政处罚法增加规定，加处罚款的数额不得超出罚款的数额。

清理中发现，有的地方性法规中并未规定加处罚款上限，与行政处罚法规定不一致，拟进行修改。

“下一步，我们将继续跟进清理工作，督促各有关方面持续落实清理计划，指导地方并推动各有关方面按时完成相关法规规章及规范性文件的修改废止工作，切实保障行政处罚法的贯彻实施，维护国家法治统一、尊严和权威。”梁鹰说。

备案审查落实党中央重大决策部署功能日益凸显

备案审查制度，是为保障宪法法律实施、维护国家法治统一而确立的一项宪法性制度。保证党中央令行禁止，是备案审查工作的首要功能。

为了贯彻党中央决策部署，全国人大常委会法工委会对事关重大改革和政策调整、上位法重要修改、事关公众切身利益以及引发社会广泛关注的某一领域的规范性文件集中开展专项清理和重点审查。回顾 2021 年，全国人大常委会法工委共开展了 3 次专项审查，其中一项是对涉及计划生育内容的法规、规章、规范性文件进行专项清理工作。值得一提的是，涉及计生领域的备案审查典型案例已经连续 5 年出现在年度备案审查工作报告中。

人口问题始终是影响我国经济社会发展的基础性、全局性和战略性问题。2015 年，党的十八届五中全会决定，全面实施一对夫妇可生育两个孩子政策。2015 年 12 月，十二届全国人大常委会第十八次会议相应地对人口与计划生育法进行修改，写入“国家提倡一对夫妻生育两个子女”的内容。2021 年 7 月发布的《中共中央 国务院关于优化生育政策促进人口长期均衡发展的决定》提出实施三孩生育政策及配套支持措施。2021 年 8 月 20 日，十三届全国人大常委会第三十次会议审议通过关于修改人口与计划生育法的决定。

在这一大背景下，备案审查工作适应人口形势新变化，积极促进人口与经济、社会、资源和环境协调可持续发展，适应社会情况的发展变化，成为贯彻落实党中央重大决策部署的有力抓手。

落实决策部署开展专项清理

2021 年备案审查工作情况报告中，有一项内容引人关注，就是全国人大常委会法工委对涉及计划生育内容的法规、规章、规范性文件进行的专项清理工作。

为贯彻落实党中央关于计划生育政策调整的决策部署,确保修改后的人口与计划生育法正确实施,法工委在去年组织开展了涉及计划生育内容的法规、规章、规范性文件专项清理工作,推动有关方面取消社会抚养费征收规定,废止计划生育相关处罚、处分规定以及将个人生育情况与入学、入户、入职等相挂钩的有关规定。

此次清理发现,需要修改或者废止的规范性文件共 3632 件,其中行政法规 3 件,国务院规范性文件 2 件,部门规章和规范性文件 43 件,地方性法规 57 件,自治条例 35 件,单行条例 11 件,地方人大及其常委会决定、决议 44 件,地方政府规章和规范性文件 3437 件。目前有关方面已修改 42 件,废止 428 件。法工委建议有关方面适时组织开展涉及计划生育内容的党内法规、规范性文件集中清理。

体现备案审查工作三大功能

对于此次专项清理工作,业内人士给予高度评价。

"这是备案审查功能的一次集中充分体现。"北京大学法学院教授、中国法学会宪法学研究会秘书长张翔分析指出,首先体现出备案审查的政策贯彻功能。落实贯彻党中央的重大决策部署是备案审查的重要功能。在党中央的重大政策依据社会现实作出调整之后,进行相应的专项清理工作就是这一功能的具体体现。

其次体现出备案审查的法秩序维护功能。在人口与计生法修改之后,下层级的规范就要与宪法、高层级的规范保持一致,这是维护国家法治秩序的必然要求。专项清理工作起到了维护国家法治统一、维护法秩序的内在和谐、保持融贯性的作用。

最后还体现出备案审查的人权保障功能。张翔指出,在当前人口形势发生重大转变的情况下,进行统一的清理工作客观上会起到加强个人权利保护的作用,符合尊重和保障人权的宪法规定以及加强公民基本权利保障的国家价值观。

连续五年披露计生典型案例

值得关注的是，从2017年首个年度备案审查报告公开亮相以来，连续五年的备案审查报告中均出现了涉及计生领域的典型案例。

2017年首份年度备案审查报告中公布了地方性法规“超生即辞退”案例。法工委根据4位学者联名提出的审查建议，对地方性法规中关于“超生即辞退”的规定进行审查研究，并于2017年9月致函有关地方人大常委会，建议对有关地方性法规中类似的控制措施和处罚处分处理规定作出修改。随后的2018年备案审查报告对此进行了“回头看”。报告指出，7个省级地方人大经督促均已完成存在问题的相关地方性法规的修改工作。

2019年的备案审查报告继续出现有关计生的典型案例：有的地方性法规规定，对违反计划生育政策多生育子女的国家工作人员一律给予开除处分，还有其他一些严格控制措施和处罚处分处理规定。报告特别指出：“我国人口发展已呈现出重大转折性变化，这类规定虽目前有上位法的一定依据，但总的看已经不适应、不符合党和国家关于改革完善计划生育服务管理的精神，应予适时调整。建议有关方面研究启动修改完善工作。”

之后的2020年备案审查报告介绍“督促修改滞后于改革要求或制度调整的规定”的情况时指出，党的十九届五中全会提出“增强生育政策包容性”。为贯彻这一精神，法工委要求各省、自治区、直辖市人大常委会对人口与计划生育领域相关法规、规章、规范性文件进行全面清理，对已经不适应现实情况的过于严厉的处罚处分处理规定，先停止执行，再适时作出修改。同时，法工委建议有关方面尽快研究调整与此相关的政策和规定。

在2021年的备案审查报告中，又一起涉及计生领域的案例被公开。有的地方性法规规定，有关行政部门为调查计划生育违法事实，可以要求当事人进行亲子鉴定；对拒不配合的，处以一万元以上五万元以下罚款。有公民对上述规定提出审查建议。法工委经审查认为，亲子关系涉及公民人格尊严、身份、隐私和家庭关系和谐稳定，属于公民基本权益，受宪法法律保护，地方性法规不宜规定强制性亲子鉴定的内容，也不应对此设定相应的行政处罚、处分、处理措施。经沟通，制定机关已对相关规定作出修改。

凸显功能动态化方式多元化

“可以看出,涉及计生的备案审查案例在 5 份备审年报中出现的结构位置各有不同,这既体现了这类备审案例的复杂性,从中也可以看出这项工作在各个年份的着力方式和侧重点的不同。”浙江大学法学院教授郑磊认为,这正是备案审查工作落实党中央重大决策部署的基本功能动态化、方式多元化的体现。

在郑磊看来,涉计生的备案审查案例持续出现还体现出备案审查制度在保证党中央令行禁止的基本功能定位上具有持续性的明显特点。“这种持续性也是备案审查功能最直观的特点。在落实党中央的重要决策部署上,持续出现同类案例已经形成了计生领域备案审查工作的具体形态。”

“案例持续出现也说明,需要继续加强备案审查工作的刚性,以更有效、更充分地贯彻落实党中央的重大决策部署。”郑磊说。

第二部分　**研究交流**

备案审查工作仍存多难题待破解

（2016 年 09 月 27 日）

记者近日获悉，全国人大常委会法工委会同办公厅有关单位正在抓紧推动备案审查信息化建设工作，计划用 3 年左右的时间建立起覆盖全国、互联互通、功能完备、操作便捷的法规备案审查信息平台。这对于提升各级法规备案审查工作的信息化水平，提高备案审查工作能力，意义重大。

作为宪法法律赋予人大及其常委会的一项重要职权，规范性文件备案审查是保障宪法法律实施、维护国家法制统一的一项重要制度。党的十八届三中全会提出，健全法律、规章、规范性文件备案审查制度。党的十八届四中全会更是从依法治国、依法执政的高度，明确提出加强备案审查制度和能力建设。中央关于加强党领导立法工作的意见中也明确提出，一切违反宪法法律的法规规章和规范性文件都必须予以纠正，推动建立健全法规规章和规范性文件备案审查衔接联动机制。

在不久前举行的第二十二次全国地方立法研讨会上，新形势下地方人大如何加强和改进备案审查工作成为关注的焦点。不少地方表示，备案审查工作仍然是地方人大工作的一项软肋，甚至在部分地区，让人有一种“上面提的高度很高，但是落到实处却很低”的感觉。

备案审查任务明显增多

随着全面依法治国的推进，全社会的法治观念不断增强，人民群众对法规规章和规范性文件合宪性合法性的关注度越来越高。尤其是修改后的立法法赋予所有设区的市立法权后，立法主体数量大大增加，备案审查工作任务明显增多，维护法制统一的责任更加重大，加强备案审查工作显得更加紧迫。

近年来，各地备案审查机构设置逐步完善，人员配备逐步到位，审查能力水平不断提高，工作机制不断创新，备案审查工作逐步规范化、制度化。

比如，有的地方探索工作监督和法律监督相结合的方式，与区县人大常委会联动，开展对政府规范性文件备案审查工作的专项评议，形成内外结合、上下联动的新机制，实现全覆盖；有的地方加强与政府法制部门的沟通协调，坚持适度提前介入，将“问题文件”处理在前，防患于未然；有的地方坚持普遍审查与重点审查相结合，在全面审查的基础上，围绕人大常委会确定的执法检查内容和专题询问题目，对与之相关的规范性文件进行重点审查；有的地方建立健全报送备案机制、主动审查机制、被动审查机制、督促纠正机制和责任追究机制；有的地方将问题分为合法性、合理性、技术性等几类情形，采取不同的处理方式；有的地方结合地方性法规实施效果，对地方性法规在司法适用和行政适用中存在的问题提出完善对策；有的地方加强备案审查规范化和信息化建设，积极推进建立信息化平台；有的地方加强备案审查机构建设，抓好人员培训工作，努力加强备案审查工作队伍能力建设。

“只备不审”现象仍然存在

近年来，尽管备案审查工作取得了一定成效，但也存在一些问题。比如，有关制度落实还不到位，在备案审查程序方面仍存在不完善之处，“应报尽报”“应审尽审”的要求还没有完全实现，规范性文件漏报、迟报现象时有发生；对规范性文件的界定把握不准，理解上有偏差，导致出现错报现象；审查能力不适应新形势新任务新要求，导致“只备不审”的现象仍然存在，一些备案审查的工作人员不知道具体要去做什么，只是把登记作为主要内容去做，并没有开展实质性审查。

此外，伴随全面深化改革和经济社会发展，备案审查工作也面临新的挑战。备案审查工作走在全国前列的重庆市，就遇到了改革事项与法律法规相衔接的矛盾。近年来，国务院持续出台有关转变政府职能、简政放权的改革类文件，重庆市政府结合自身改革进程，按照国务院规定，也陆续出台了政府规章和一系列规范性文件推动改革。但在文件审查过程中，重庆市人大常委会发现，此类改革文件的部分规定与现行有效的国家法律和重庆市地方性法规规定并不一致，存在文件已实施但作为改革事项设立依据的法律法规尚未修改的问题。在国家法律未修改的情况下，重庆市的地方性法规也暂未修改。为保证改革事项与法律法规相衔接,就必须实现改革事项和修法工作能够同步研究、同步决策,切实落实“凡属重大改革要于法有据”的精神。

“现在全社会对备案审查工作都很关注。广大市民也非常踊跃地对一些政府规章提出意见和建议。但我们在审查过程中往往会遇到这样一种现象,就是一些国务院部委出台的规章和规范性文件计划经济味道比较浓,与现在市场经济发展已经不相匹配,甚至远远落后,但地方性法规还是要受制于它们。”辽宁省鞍山市人大法制委员会主任委员、常委会备案审查委主任孙成平在此次地方立法研讨会的小组讨论中,也表达了对备案审查工作的一些困惑。

作为较早开展备案审查工作的城市,鞍山市专门设立了机构,并制定了地方性法规备案审查条例来规范备案审查工作。虽然工作总体上开展顺利,但也总是遇到这样那样的问题。孙成平举了一些例子,比如住建部的住房专项维修资金的有关规定已经和物权法不一致,但仍在全国施行。再比如北方地区涉及到的物业费、取暖费的缴费面积标准问题,是按照建筑面积还是使用面积,还是按照其他什么面积?目前沿用的也还都是很多年前的标准。

“现在工作中出现这样的情况,我们也只能进行一些解释,同时把问题和建议向上级反映一下,没有其他的办法。”孙成平说。

地方建议建立纠正机制

值得一提的是,此次地方立法研讨会上,不少地方人大都提到了同一个困惑。报送备案审查的设区的市的规范性文件发现问题后如何在程序上退回?被发现存在法律法规规定的不适当情形,被修改、废止或者撤销的,施行期间执行该规范性文件的行为的法律效力如何判定,责任如何认定?随着备案审查工作的深入开展,这类问题在各地不同程度地显现出来。

规范性文件既涉及广大公众的权益,又关乎文件制定者的责任和公权的权威。有地方反映,目前在批准设区的市法规时进行合法性审查的范围和标准本来就不太好把握,备案审查机构能够找准问题就已经很不容易,再要妥善纠正和解决问题则面临更多的困惑。

对此，有地方代表认为，有必要建立规范性文件纠错后法律效力的判定机制。建议可以根据规范性文件存在问题的不同情形，从合法性和适当性两个方面区别考虑：规范性文件不合法导致被修改、废止或者撤销的，该规范性文件自始无效，执行该规范性文件的行为不具有法律效力，规范性文件制定机关应当承担不利的法律后果；规范性文件因不适当导致被修改、废止或者撤销的，该规范性文件在修改、废止或者撤销前有效，执行该规范性文件的行为具有法律效力。

还有地方建议建立纠正机制。具体来讲，审查机构认为规范性文件存在不适当的问题，就要启动纠正机制，主要把握三个环节：一是与制定机关进行沟通协商，要求制定机关说明情况，制定机关要根据审查机构提出的问题提供具体的依据和说明。二是由审查机构提出书面审查意见，要求制定机关纠正。制定机关应当在规定的期限内对审查意见进行研究，提出是否修改的意见，并向审查机构反馈结果。三是制定机关不纠正的，人大常委会主任会议可以向人大常委会提出审查意见和予以撤销规范性文件的议案，通过人大常委会审议决定，撤销不适当的规范性文件。

能力不足制约工作开展

党的十八届四中全会决定明确提出，把所有规范性文件纳入备案审查范围。根据中央精神，2015 年中央办公厅下发关于建立法规、规章和规范性文件备案审查衔接联动机制的意见，明确提出“有件必备、有备必审、有错必纠”。适应这一要求，政策性、法律性和专业性都很强的规范性文件备案审查工作，迫切需要建立健全专门的备案审查机构和配备一批高素质的专业人员。

截至 2015 年上半年，全国 31 个省、自治区、直辖市人大常委会均设立了专门的备案审查工作机构，配备了专职人员；在 317 个地级市、自治州中，只有 160 个设立了专门机构，140 个配备了专职人员；在县（区）一级，有专门机构和专职人员的地方所占比例不到 10%。能力不足问题制约了备案审查工作的开展。

基于此，有地方建议，除备案审查工作机构专门负责外，人大各专门委员会、常委会工作机构应当明确有一定专业知识的人员专职负责备案审查工作,并保持人员的相对稳定。在此基础上,加强备案审查工作人员的学习和培训,使备案审查工作人员能够准确理解和把握规范性文件的内涵,弄清楚什么是规范性文件,准确理解和把握规范性文件备案审查的范围、程序和标准,掌握工作尺度和工作方法,不断提高业务素质和工作水平,提高审查能力。

此外,鉴于规范性文件备案审查工作尚属起步阶段,还有许多问题需要作进一步探索。为使该项工作规范有序地开展起来,取得实效,有地方建议,上级人大常委会特别是全国人大常委会,加强对基层人大常委会的工作指导,对各地规范性文件备案审查工作中带有共性的问题进行研究,确立统一标准,形成有针对性的指导意见。同时有计划地对地方人大常委会规范性文件备案审查工作人员进行系统培训,总结推广各地好的经验和做法,进行业务交流,推动地方人大常委会规范性文件备案审查工作均衡发展。

相关链接

备案审查制度是我国一项重要的宪法监督制度。我国的宪法监督制度是中国特色社会主义制度的重要组成部分,符合我国国情,与人民代表大会制度这一根本政治制度相契合。

在我国,规范性文件备案审查制度是监督宪法实施的重要方式。通过对行政法规、地方性法规、自治条例和单行条例等进行备案审查,纠正或者撤销违宪违法的法规和条例,从而维护宪法权威,维护法制统一。

从立法工作看,备案审查制度是实现法律体系内在和谐统一的重要保证,是立法工作的重要组成部分,是立法工作的延伸。从监督工作看,它是保障宪法法律有效实施的重要举措,是维护国家法制统一的重要抓手,是监督制度的重要方面。

作为一项宪法性制度,我国宪法和立法法、监督法都对备案审查制度作了专门规定。

宪法第六十二条、第六十七条在规定全国人大及其常委会监督宪法实施的同时,还规定全国人大常委会有权撤销国务院制定的同宪法、法律相抵触的行政法规、决定和命令,撤销省、自治区、直辖市国家权力机关制定的同宪法、法律和行政法规相抵触的地方性法规和决议。根据宪法第一百条、第一百一十六条的规定,省、直辖市的人大及其常委会制定的地方性法规,报全国人大常委会备案；自治区、自治州、自治县等民族自治地方人民代表大会制定的自治条例和单行条例报全国人大常委会批准或者备案。

立法法第五章的章名是“适用与备案审查”，该章第八十七条明确规定：“宪法具有最高的法律效力，一切法律、行政法规、地方性法规、自治条例和单行条例、规章都不得同宪法相抵触。”为了维护宪法的最高法律效力，在这一章中，其他条款明确了不同位阶法律规则的效力等级，规定了备案审查的有关内容。

监督法第三十条规定，县级以上地方各级人民代表大会常务委员会对下一级人民代表大会及其常务委员会作出的决定、命令，经审查，认为有以下三种情形之一的，有权予以撤销：一是超越法定权限，限制或者剥夺公民、法人和其他组织的合法权利，或者增加公民、法人和其他组织的义务的；二是同法律、法规规定相抵触的；三是有其他不适当的情形，应当予以撤销的。此外，考虑到多年来社会上对司法解释超越权限的意见，监督法还特别规定了对“两高”司法解释的备案审查。

全国人大常委会已开始对合宪性审查相关问题进行研究部署

维护宪法权威　合宪性审查如何破局

（2018 年 01 月 17 日）

合宪性审查是一种真正的全覆盖，所有规范性文件都将纳入审查范围，甚至还可能包括对一些行为进行合宪性审查。这些都要跟宪法保持一致。因此，合宪性审查针对的范围将更加广泛。

党的十九大报告提出："加强宪法实施和监督，推进合宪性审查工作，维护宪法权威。"这是"合宪性审查"首次出现在党的文件中。

合宪性审查这项工作为何如此重要？合宪性审查和备案审查是什么关系？合宪性审查会产生何种重大的制度变革？具体将如何推进？推进过程中又有哪些重要问题需要进行深入研究？全国人大常委会法制工作委员会法规备案审查室主任梁鹰近日在接受《法制日报》记者独家专访时，对合宪性审查相关问题进行了解读。

"合宪性审查是一个庞大的系统工程，是党的十九大提出的一个非常高瞻远瞩的战略决策，将为全面依法治国向纵深发展提供强大推动力量。合宪性审查制度的确立和实施，必将成为全面依法治国的总抓手和总开关。"梁鹰指出，合宪性审查的提出，对全面深化依法治国意义非常重大。要维护宪法权威，纠正违宪违法问题，必须切实加强规范性文件备案审查，推进合宪性审查工作。

梁鹰透露，目前，根据党中央的决策部署，全国人大常委会已开始对推进合宪性审查工作相关问题进行研究。

合宪性审查与备案审查是何关系

说到合宪性审查，就不得不提到备案审查。就在上个月举行的十二届全国人大常委会第三十一次会议上，全国人大常委会法工委首次就备案审查工作作了报告。报告全面介绍了我国备案审查工作的情况并披露了多起典型案例,引起了社会各界的高度关注和强烈反响。

那么,该如何看待合宪性审查与备案审查两者的关系呢?“合宪性审查是宪法监督的必然要求和必要方式,备案审查是宪法监督的基础和着力点。虽然二者在审查的主体和对象上有所不同,但目标是一致的,都是为了保证中央令行禁止,保障宪法法律正确有效实施,维护宪法法律权威、尊严,维护国家法制统一,保护人民群众合法权益。”梁鹰指出,宪法规定全国人大常委会有权撤销同宪法法律相抵触的行政法规、地方性法规。也就是说,宪法法律规定的备案审查中本身就包括了合宪性审查的内容。因此,在一个新的制度出台之前,合法、合宪性的审查都属于备案审查。换言之,合宪性审查属于备案审查的一个范畴。

梁鹰具体分析了两者的不同之处。首先,从阶段上讲,备案审查都是后端的,属于事后审查,而合宪性审查可能既有前端事前审查,也有后端事后审查。其次,从范围上讲,目前备案审查主要是合法性审查,它的范围与合宪性审查相比还比较窄。比如,不针对法律本身,也不针对地方性法规、行政法规、司法解释以外的规范性文件。而合宪性审查的范围则扩大到法律,即全国人大常委会制定的法律、作出的决定都属于合宪性审查范围,党内文件也有可能被涵括进来。“可以说,合宪性审查是一种真正的全覆盖,所有规范性文件都将纳入审查范围,甚至还可能包括对一些行为进行合宪性审查。这些都要跟宪法保持一致。因此,合宪性审查针对的范围将更加广泛。”

除此之外,两者在审查主体、依据、程序、方式、审查结果的效力等方面也都会有所不同。

合宪性审查将带来哪些重大制度变革

“开展合宪性审查,是推进全面依法治国、实现国家治理体系和治理能力现代化的重大举措,也是一项长期而艰巨的任务。”梁鹰说,对于开展合宪性审查的机构、方式、程序、标准以及合宪性咨询等有关制度和工作机制,都需要进一步研究和落实。

这些重要机制包括:一是合宪性咨询机制。即研究建立一种机制,能让规范性文件的制定主体在起草制定过程当中,可以向有关方面,比如全国人大常委会提出咨询,其正在制定的规范性文件及有关制度设计是否合乎宪法,再由有关部门作出相应答复,从而建立起畅通的咨询渠道。二是事前送审机制,即规范性文件在制定之后颁布实施之前,涉及到宪法问题的,需要送有关方面进行审查,征求其意见或者进行事先咨询。三是事后审查机制,即国家机关、公民、社会组织等认为规范性文件有违宪情况的,可以提出审查建议。四是为党和国家的重大决策部署和重要决定等,适时提供合宪性支撑和依据。

此外,合宪性审查究竟属于前端审查还是后端审查,还是两端都有,这些理论问题也都需要进一步研究。

研究建立宪法解释及实施情况报告制度

“宪法在我国一直都在被善意良好地遵守、执行和遵循,这是毋庸置疑的。”在梁鹰看来,我们国家之所以能保持大局稳定发展,改革不断深入推进,正是因为我国宪法实施情况总体而言是好的。各项立法活动也都是以宪法为根本依据和遵循,通过立法对宪法原则和规定进行具体落实从而让宪法得以实施。所以,立法的过程本身就是实施宪法的过程,而各方面、各部门的执法、司法过程乃至每一个人的守法过程也是实施宪法的过程,都离不开宪法,都是在以自己的行为实施宪法,同时也都在宪法的有力呵护之下。

他同时指出,实践中当然也不排除发生和存在着一些问题,违宪情况时有发生,所以十分有必要建立宪法实施情况报告制度。一方面可以及时总结宪法实施的经验,另一方面也可以指出存在的问题,有关方面可以及时予以纠正。

此外,建立健全和实施宪法解释制度也势在必行。梁鹰认为,合宪性审查必然绕不开宪法解释的问题,判断一个规范性文件或一个行为是不是合宪,首先就需要对宪法有关条款进行解释,这样才能准确理解从而作出正确判断,那么就需要建立相应的规范化、制度化的宪法解释程序和机制。“可以说,宪法解释的常态化,是合宪性审查的应有之义。”

“总之,合宪性审查作为一项历史变革,目前认识上不存在问题,关键在于如何推动这项制度落地,推动其发展,总的原则是要在人民代表大会制度框架内有序推进这项工作。当前,要把开展合宪性审查的决心及时向国内外传递出去,这背后体现的是我们的制度自信,是我们坚持走中国特色社会主义法治道路、政治发展道路的道路自信,也是我们坚定不移推进全面依法治国的决心和信心。”梁鹰指出,随着合宪性审查工作的建立和推进,宪法监督制度的逐步完善,将会牢固树立宪法法律的权威,推动实现国家治理体系和治理能力现代化。

全国人大常委会法工委召开人大备案审查系统首次全国性会议

协调推进平台建设下好全国“一盘棋”

（2018年08月09日）

8月2日至3日，全国人大常委会法工委备案审查信息平台建设现场推进会在广东省广州市召开。

值得一提的是，此次会议是人大备案审查系统首次全国性的会议。按照惯例，全国人大常委会法工委通常每年举办一次部分地方参加的备案审查研讨会，由此也被形象地称为“半国会”。而此次会议不仅有31个省区市人大常委会办公厅、法工委相关负责人和同志，还有4个经济特区市人大常委会有关同志参加，覆盖了所有依法向全国人大常委会报送备案的地方人大。

全国人大常委会高度重视备案审查信息平台建设，从2016年7月起，两年间多次发函推进平台建设工作，部署提出加快建立全国统一的备案审查信息化平台，要求各地区结合自身实际，按照标准、网络、内容、数据“四统一”的规定，抓紧建立健全省级备案审查信息平台。全国人大常委会2018年“一个要点、两个计划”中也明确要求，加快建立全国统一的备案审查信息平台，巩固信息平台的工作功能，推动地方人大将信息平台延伸到所有立法主体。

“我们召开‘全国会’，就是要全国‘一盘棋’，全面协调推进人大系统的备案审查信息平台建设，推动备案审查工作全局发展。”全国人大常委会法工委法规备案审查室主任梁鹰在接受《法制日报》记者采访时说。

记者了解到，目前，31个省区市中，绝大多数地方已经建成省级备案审查信息平台，大多数已经投入使用，实现了与全国人大备案审查信息系统的标准、网络、内容、数据“四统一”，其他地方也在抓紧建设中。

各地全面推进平台建设成效突出

备案审查信息平台建设，是规范性文件备案审查工作适应信息化时代要求,提高工作效率和质量的重要抓手和关键环节。记者从会上获悉,目前,在平台建设方面,各地结合本地实际,采用不同模式进行建设,多数地方采取自主开发建设的模式,有的地方在建设过程中使用了由全国人大信息中心研发的部分软件,还有的地方直接使用了全国人大信息中心提供的云服务平台。

在此次会议上,广东、北京、浙江、重庆、宁夏 5 个省区市还作了现场演示介绍。这 5 个地方虽然平台建设时间、建设模式、承建公司各有不同,但都取得了突出成效。广东省设计理念先进,平台各项功能完备,尤其是智能辅助功能齐全;北京市立足直辖市自身特点,着力打造满足工作实际需要的平台;浙江省突出贯穿备案审查工作全过程各环节,平台上定岗定人定责,实现全程可追溯;重庆市着力强化审查工作实效,建立了缜密的审查流程和详细的审查标准,并且实现全程网上办理;宁夏回族自治区充分发挥省级人大统筹作用,统一规划、建设、部署,建设贯穿省市县乡四级的平台,实现全覆盖。

截至记者发稿时,在建成省级平台的同时,广东、浙江、宁夏等地完成了平台向设区的市以及县级人大的延伸工作,其他地方正在加紧推进。广东、北京、江西已经率先实现与全国人大平台的对接,实现了互联互通;宁夏、安徽等地也正在抓紧开展与全国人大的对接工作。

经过一年多的努力,目前,全国备案审查信息平台建设推进有序、成效显著、成果丰硕,通过平台建设和使用,进一步统一了各方认识,增强了工作责任感,健全了相关工作机制,规范了业务流程,提升了工作效率和质量。

总结经验四方面因素必不可少

在这次人大备案审查系统首次全国性会议上,31 个省区市结合本地信息平台建设工作实际,集中展现平台建设进展成就和先进经验。

与会者对平台建设业务和技术标准、建设方案、组织机构、建设内容和流程、数据库等问题进行了热烈、深入的研讨。在此基础上,本次会议总结出平台建设取得显著成效的原因:

一是提高站位,不断强化对建设备案审查信息平台重要意义的认识。各地普遍认识到,建设备案审查信息平台,是贯彻落实党中央和全国人大常委会要求,加强备案审查制度和能力建设的重要举措,对于推进备案审查工作信息化、规范化,提高工作效率和质量,具有十分重要的促进意义,必须不折不扣完成建设任务。

二是领导重视,积极协调有关部门落实建设工作。各地人大常委会领导对平台建设工作高度重视,专门就平台建设工作进行研究部署,集中调配人力物力,协调各方力量,组织工作专班,大力推进平台建设工作。一些地方人大常委会领导或者办公厅、法工委负责同志亲自担任平台建设负责人,统筹协调有关部门开展工作。

三是多方协作,健全平台建设工作机制。各地坚持技术与业务同步推进,人大常委会办公厅、法制工作机构(备案审查工作机构)负责业务指导,信息技术部门负责技术支撑,分工合作、密切配合开展工作。

四是因地制宜,在充分调研后选择适合的建设模式。各地通过实地学习考察、电话沟通等方式,了解全国人大和其他省区市平台建设情况,并对本地工作需求、建设难度、财政状况、技术水平等情况进行综合考量后,选择相应建设模式,设计适合本地的工作流程,有序推进平台建设。

地方平台建设仍存在问题亟待解决

备案审查信息平台建设取得进展的同时,各地也存在一些标准不统一、向下延伸以及数据对接难度大等问题。对此,与会人员提出多方面建议。

有的地方提出,在备案审查范围扩大、任务增加、要求提高的新形势下,要积极引进和利用智能技术,充分利用大数据、云计算等最新技术,积极开发条文比对、关联、甄别等辅助审查功能,梳理总结审查案例,统一审查业务规范标准。有的地方建议,建设备案审查信息平台要充分利用现有信息系统资源,与办公系统、现有法律库集成。有的地方建议,全国人大应尽快考虑与国务院报备系统实现数据共享,实现一键同时向全国人大和国务院报备地方性法规,从技术上减少工作冗繁。有的地方建议,全国人大继续加大指导力度,定期围绕平台建设开展交流研讨,建立信息共享机制。

对于这些意见建议,全国人大常委会法工委负责人称,将认真予以研究,抓紧解决。

全力构建中国特色社会主义备案审查理论体系

（2018 年 10 月 16 日）

不论是理论界还是实务界都一致提出，应适应宪法修改的新情况，考虑下一步修改立法法、监督法等法律，将以国家监察委员会名义制定发布的规范性文件纳入全国人大常委会备案审查范围，将以地方监察委员会名义制定发布的规范性文件纳入同级地方人大常委会备案审查范围。

备案审查制度是贯彻落实习近平新时代中国特色社会主义思想、推进全面依法治国的重要抓手，是推进国家治理体系和治理能力现代化的必然要求，是推进科学立法、民主立法、依法立法的重要保障。

作为中国特色社会主义法治道路的一个重要组成部分，备案审查制度是科学的宪法和法律的监督制度。但应当看到，尽管目前我国备案审查制度重要性不断凸显，备案审查理论体系构建还很薄弱，很多理论问题亟待深入研究。

“新时代开展备案审查工作有更高的要求。要纠正违宪违法问题，必须切实加强规范性文件备案审查，推进合宪性审查工作。”全国人大常委会法制工作委员会法规备案审查室主任梁鹰指出，对于开展合宪性审查的机制、程序、标准以及宪法解释等宪法监督有关制度和工作机制，都需要进一步研究和落实。

围绕备案审查的性质、地位、作用，备案审查与合宪性审查的关系以及备案审查理论体系构建等问题，天津市人大常委会法工委原主任高绍林，山西省人大常委会法工委主任蔡汾湘，江苏省人大常委会法工委主任王腊生，浙江省人大法制委主任委员丁祖年，安徽省人大法制委主任委员、常委会法工委主任吴斌，湖南省人大法制委副主任委员、常委会法工委副主任吴秋菊，广西壮族自治区人大法制委主任委员、常委会法工委主任陈伟雄，四川省人大常委会法工委主任田万国，深圳市人大常委会法工委主任刘曙光等9个省市人大法制委、常委会法工委负责同志以及中国社会科学院荣誉学部委员李步云、清华大学法学院教授林来梵、中国人民大学法学院教授张翔、北京航空航天大学法学院教授王锴、苏州大学法学院教授周永坤等专家学者近日开展了深入的理论研究和探讨。

关于备案审查与合宪性审查的关系

党的十九大报告明确指出:“加强宪法实施和监督,推进合宪性审查工作,维护宪法权威。”

开展合宪性审查,是推进全面依法治国、实现国家治理体系和治理能力现代化的重大举措,也是一项长期而艰巨的任务。那么,合宪性审查与备案审查究竟是何关系呢?

“合宪性审查是宪法监督的必然要求和必要方式,备案审查是宪法监督的基础和着力点。虽然二者在审查的主体和对象上有所不同,但目标是一致的。”梁鹰指出,合宪性审查和备案审查都是为了保证中央令行禁止,保障宪法法律正确有效实施,维护宪法法律权威、尊严,维护国家法制统一,保护人民群众的合法权益。

在看到备案审查与合宪性审查存在密切联系的同时,多位理论界以及实务界专业人士认为,二者之间存在区别。

李步云认为,合宪性审查与备案审查虽然是一种“你中有我、我中有你”的关系,但两者应该区别开来。“目前合宪性审查职责由全国人大宪法和法律委员会承担,但没有具体工作机构,可以明确先由法工委初审,这样合宪性审查与合法性审查可以衔接起来。”

高绍林也认为,宪法监督的主体是全国人大及其常委会,全国人大宪法和法律委员会在审查合宪性审查建议时,如果涉及违宪问题,应当提请全国人大常委会来处理。“准确地说,宪法和法律委员会也是协助全国人大及其常委会行使宪法监督权的工作机构,应当先由法工委进行研究,法工委研究认为必须适用宪法得出审查结论的,应当提出初步审查意见后再送宪法和法律委员会进行合宪性审查。”

在高绍林看来,合宪性审查是启动宪法监督的基础,不能将合宪性审查等同为宪法监督。“备案审查是合宪性审查的前置条件,对合宪性审查建议要先进行合法性审查，涉及合宪性问题的才能进入合宪性审查程序中。合宪性审查应当是备案审查的特殊阶段，绝大部分问题走不到这个阶段。”

王锴强调，备案审查为合宪性审查提供了过滤机制，不应把所有问题都上升为合宪性问题，不能通过合法性审查解决的，才进行合宪性审查。

“备案审查是合法性审查，但是包括合宪性审查，合宪性审查是特别的合法性审查，具有很强的严肃性、政治性。”丁祖年建议，应当设定严格的启动程序，规定专门的提出主体资格和专门的启动标准、审查程序、处置方式等，合宪性审查的对象也应严格限定在国家一级机关的行为。

王腊生提出，备案审查与合宪性审查具有四点不同：一是地位不同，合宪性审查是最重要的、最核心的。二是内涵不同，合宪性审查是针对特定的规范性文件，依据宪法进行审查；备案审查是针对所有报备的规范性文件，依据法律法规进行审查。三是责任不同，违宪承担违宪责任，违法承担违法责任。四是次序不同，规范性文件首先要经过合法性审查，合法性审查通过之后再进行合宪性审查。

王腊生特别强调指出，对于法律是否合宪，应在法律草案审议环节进行审查。“地方在起草审批法规过程中，可以向全国人大宪法和法律委员会、常委会法工委进行合宪性咨询，但这个程序不是必经程序，应当是确有需要时才提出。”

“‘与上位法相抵触’当然包括与宪法相抵触。”吴秋菊认为，合宪性审查是宪法监督的一种表现，宪法监督的主体是全国人大及其常委会。备案审查当中包含有合宪性审查的内容，是启动合宪性审查的重要途径，但不是唯一的途径，还可以通过提出申请或者自主发现合宪性问题启动审查。“地方人大不是合宪性审查主体，但在备案审查工作中要将宪法作为重要依据，发现合宪性问题，应当提请全国人大宪法和法律委员会进行审查。”吴秋菊说。

关于备案审查制度的性质、地位和作用

备案审查制度来源于宪法，是一项宪法性制度安排，是中国特色的宪法监督制度，在人大工作中具有重要地位。备案审查作为立法监督制度，既是立法制度的组成部分，也是监督制度的组成部分。

林来梵认为，备案审查制度是国家权力机关的立法监督制度。近 40 年

来，我国处于大规模、快速立法时代，从过去基本上无法可依，到现在实现有法可依、社会主义法律体系形成，法律体系内部的问题需要有制度来解决，而备案审查制度就是完善程度最高、最有力量的制度，其重要性不容质疑。

林来梵介绍说，备案审查作为宪法监督制度具有鲜明的中国特色，其他国家没有这种制度。关于宪法监督制度，国际上目前主要有三种制度形式，一是美国式的制度，二是德国式的制度，三是法国式的制度。其中，采取美国式制度的国家最多，由司法机关行使违宪审查权；德国建立了统一的宪法法院，由宪法法院行使违宪审查权；法国设立专门的宪法委员会，由宪法委员会行使违宪审查权。法国与德国的制度比较接近，审查模式是抽象审查为主，也有具体审查。需要注意的是，在相对成熟的法治国家，合法性审查并不是关注的重点，因为在法律法规的起草阶段就应当已经解决合法性问题，不大可能出现法律法规之间明显冲突或违反上位法的情形。

据了解，对于备案审查制度在多个方面的重要作用，理论界有深刻阐述。首先，备案审查制度保证中央政令畅通，保障国家法制统一，及时发现并纠正违宪违法问题。其次，备案审查处于人大工作重要位置，能有效维护宪法权威、保障宪法法律实施，维护国家发展大局，保障人民根本利益，推进法治思维理念融入国家治理等。再次，备案审查作为一种立法监督，担负着促进提高法律体系内在逻辑合理性、提高立法质量和水平的重要法治使命。

关于如何理解备案审查范围“全覆盖”

“有件必备、有备必审、有错必纠”，党中央提出要将所有规范性文件纳入备案审查范围，实现备案审查“全覆盖”。对于何为“全覆盖”，多位从事地方立法工作的地方人大相关负责人提出了看法。

有观点提出，实现“全覆盖”应考虑将党政联合发文纳入人大备案审查范围，规定党政联合发文同时向党委和人大分别备案，人大审查发现可能存在问题的，可以向党委提出研究意见和处理建议，根据党委意见处理；有观点认为，应将国务院部门制定的具体应用法律问题的解释纳入全国人大常委会备案审查范围，将国务院部门根据法律授权制定的规章或者规范性文件纳入全国人大常委会备案审查范围，将地方政府部门根据地方性法规授权制定的规范性文件纳入地方人大常委会备案审查范围;还有观点建议,从严格依法行政的要求出发,政府规范性文件不应以政府办公厅名义对外发布,为了促进政府进一步规范文件制发行为,应当将以办公厅名义发布规范性文件的做法作为违反法定程序的一种情形。而对是否将具有规范性内容的会议纪要纳入备案审查范围,有观点认为应作进一步研究。

值得一提的是,不论是理论界还是实务界都一致提出,应适应宪法修改的新情况,考虑下一步修改立法法、监督法等法律,将以国家监察委员会名义制定发布的规范性文件纳入全国人大常委会备案审查范围,将以地方监察委员会名义制定发布的规范性文件纳入同级地方人大常委会备案审查范围。

构建中国特色社会主义备案审查理论体系还有很多需要深入研究的问题,包括审查价值目标问题、审查主体问题、审查对象问题、审查建议的过滤机制问题、审查标准问题、纠正方式问题以及有关制度衔接问题等。随着对这些理论问题的深入探讨,我国宪法监督制度将逐步完善,从而有力地推动法治国家、法治政府、法治社会的建设,保障良法善治的实现,牢固树立宪法法律的权威,推动实现国家治理体系和治理能力现代化。

联合惩戒威力日益凸显　范围程度扩大引发关注

发挥失信惩戒功效应适度且合法

（2019 年 06 月 18 日）

高考刚刚结束，一则“因父亲是‘老赖’导致无法录取，女儿考 710 分同样落榜！”的旧帖又在微信朋友圈刷屏。几天前，一则忘缴水电费将影响征信的消息也引发不少关注。

虽然这两个消息，一个是未经证实的旧闻，一个被权威部门证实为误读，但显然，只要是涉及征信的消息，都会牵动社会的敏感神经，让很多人紧张不已。

一段时间以来，失信惩戒制度越来越广泛地影响到社会生活的各个领域，有关部门和地方制定的涉及失信惩戒的法规、规章及其他规范性文件在实施过程中引发广泛关注，随之而来的也有不少担心。

如何在法治框架内进一步完善失信惩戒制度，实现法治与信用的双赢，无疑既是全社会面临的共同挑战，也是新形势下深化全面依法治国实践、维护宪法法律权威、保障公民合法权利需要深入研究的重大课题。

记者近日从全国人大常委会法工委了解到，根据公民提出的审查建议，相关部门已经对失信惩戒制度开展了专项审查，在充分肯定以“一处失信、处处受限”理念为基础、以大数据为支撑构建起来的失信惩戒制度对于推进诚信社会建设发挥重要作用的同时，也对有关惩戒措施可能产生的不利影响进行了研究。

多种因素综合促成失信惩戒制度不断强化

限制乘坐飞机、列车，限制住宿高级宾馆、酒店，限制夜总会、高尔夫球场消费，限制购买不动产及国有产权交易，限制子女就读高收费私立学校，限制出境……《关于对失信被执行人实施联合惩戒的合作备忘录》不但列举了限制消费措施，还包括了限制公民人身自由措施以及查封、扣押车辆等扣押财物措施。显然，在已经出台的失信惩戒制度中，许多措施已经具有了行政强制的功能。

除了功能有所扩大，失信惩戒制度的适用范围也更加广泛，开始在部门和地方立法中大量出现，不但有关部委发布了大量针对具体行业领域的失信联合惩戒规范性文件，一些地方，如上海、浙江、江苏、湖北等地也纷纷出台地方性法规，推动建立以政府机关为主导、以失信惩戒为特色的信用管理制度，信用体系的政府管理性质不断加强。同时，失信惩戒制度的适用对象也已从司法领域逐渐向外扩张，几乎涉及经济社会的各个行业领域。

更加引起关注的是，失信行为越来越多地与违法行为勾连，甚至与违纪、违反职业道德和职业规范等绑在一起，一些规范性文件甚至规定将违法行为或违法记录作为不良信息记入信用档案。比如，《浙江省公共信用信息管理条例》中的"不良信息"包括"在法定期限内未提起行政复议、行政诉讼，或者经行政复议行政诉讼最终维持原决定的行政处罚信息""不履行行政决定而被依法行政强制执行的信息"等。《上海市社会信用条例》规定，公共信用信息包括损害他人身体健康和生命安全的行为、不履行国防义务的行为等违反法律法规甚至可能构成刑事犯罪的行为。

分析缘由，全国人大常委会法工委相关负责人指出，多种因素综合促成了失信惩戒制度的形成和不断强化，包括：市场经济建设过程中，政府在向社会不断放权赋权的同时，其传统的管制手段尤其是对人身（如档案、户籍等）的管制手段不断式微；民间自发生长的信用维系制度尚不发达；近年来电话及网络诈骗的泛滥，使民众对政府在构建信用体系中的职责提出了更多、更高、更具紧迫性的要求；法院等机构对违约行为的惩罚和制约长期遭遇"执行难"的困扰，亟待从根本上破解，等等。

失信惩戒制度一定程度给现行法律制度带来挑战

2014 年，《中共中央关于全面推进依法治国若干重大问题的决定》提出"加强社会诚信建设，健全公民和组织守法信用记录，完善守法诚信褒奖机制和违法失信行为惩戒机制，使尊法守法成为全体人民共同追求和自觉行动"以及"加快建立失信被执行人信用监督、威慑和惩戒法律制度"。因此,以失信惩戒为核心机制之一的社会信用体系建设,成为实现依法治国的一个组成部分。

但全国人大常委会法工委的专项研究表明,目前,尽管各种失信惩戒制度都将倡导守信、杜绝失信作为立法目的,但其制度的核心功能一定程度上已然转向为更为迅捷顺畅地实现行政管理的目标。社会信用体系建设中的"失信"已经并非简单的、道德意义上的没有或丧失诚信,失信行为不仅包含普通的民事违约行为,还进一步包含了违反法律、行政法规的行为,构成刑事犯罪的行为,甚至仅仅作为行政相对人的身份。

"实际上,'失信'与'违法'是两个不同的概念。前者偏于不诚实、言行不一、违反自己的承诺;后者偏于违反国家制定的规则。"北京大学法学院教授沈岿认为,将有些违法行为,如交通违法,作为"失信"来对待,既难以同公众关于诚信的一般认识相符,也反映出社会信用体系建设其实是有意解决普遍存在的违法违规行为得不到有力追究或屡禁不止的问题。比如,即将于下个月1日生效的《上海市生活垃圾管理条例》中规定,不履行生活垃圾分类义务且拒不改正造成严重不良影响的,或者阻碍执法部门履行职责,造成严重后果的,有关部门应当根据《上海市社会信用条例》相关规定,将单位和个人违反生活垃圾管理规定的信息归集到本市公共信用信息平台,并依法对失信主体采取惩戒措施。

沈岿认为,目前推行的失信惩戒制度已经取得了一定的效果,但同时也暴露出合法性危机,与依法行政原则、尊重保障人权原则、不当联结禁止原则、比例原则、公平原则都还存在一定的冲突之处,这些问题都需要严肃而认真地对待。在他看来,应该通过社会信用体系建设的合法化,使其首先获得"安身立命"之根本,而后在此基础上实现社会信用体系的适度功效,在一定范围内解决社会诚信不足、法律实施困难的现象。

沈岿尤其强调,失信的扩大化或许有助于加强法律、道德的实施,但失信行为不应作扩大化理解和界定,不应将"违法"与"失信"完全等同,也不应将违法、违纪、违反道德、违反职业规范等都列入失信范畴。"以失信惩戒制度建构'完人社会',无疑是一种奢望。"沈岿说。

全国人大常委会法工委备案审查工作研讨会在湖南召开

（2019 年 12 月 02 日）

在第六个国家宪法日到来之际，全国人大常委会法工委今天在湖南省长沙市召开备案审查工作研讨会。党的十九届四中全会审议通过的《中共中央关于坚持和完善中国特色社会主义制度　推进国家治理体系和治理能力现代化若干重大问题的决定》提出，推进合宪性审查工作，加强备案审查制度和能力建设，依法撤销和纠正违宪违法的规范性文件。此次会议是全国人大常委会法工委学习贯彻党的十九届四中全会精神的重要举措。

来自中央办公厅法规局、司法部、中央军委办公厅军委法制局有关同志，部分省市人大常委会法工委负责同志以及专家学者，围绕坚持和完善中国特色社会主义制度、推进国家治理体系和治理能力现代化，探讨备案审查工作面临的新形势新任务，就学习贯彻党的十九届四中全会精神、加强宪法实施和监督等重大课题开展研讨。

湖南省人大常委会副主任周农在会上简要介绍了湖南经济社会的发展和备案审查工作情况。他说，规范性文件备案审查是宪法法律赋予人大常委会的一项法律监督职权，是符合中国国情、具有中国特色的一项宪法性制度设计，是保障宪法法律实施、维护国家法制统一的一项重要举措。湖南省人大及其常委会在省委的领导和全国人大常委会法工委的指导下，按照“整体规划、共同推进、创新发展”的总体要求，坚持提高政治站位，坚持问题导向，坚持守正创新，不断推动备案审查工作向纵深发展。

全国人大常委会法工委法规备案审查室主任梁鹰指出，全面贯彻实施宪法是建设社会主义法治国家的首要任务和基础性工作。全国人大常委会和地方各级人大常委会要继续健全备案审查制度，加强备案审查工作，将所有法规规章、司法解释和其他规范性文件依法依规纳入备案审查范围，实行“有件必备、有备必审、有错必纠”；要对如何在备案审查中推进合宪性审查这一重大课题开展研究,构建中国特色的合宪性审查和备案审查理论体系,创建并不断完善通过备案审查开展合宪性审查的各项体制机制,从理论和实践上解决好这一问题。还要处理好维护国家法制统一与鼓励地方立法创新发展的关系。应当坚持维护法制统一和鼓励地方立法创新发展相统一,从提高立法和备案审查工作在中国特色社会主义法治体系中的整体效能出发,科学把握审查的标准和尺度,夯实备案审查工作基础,创新备案审查工作机制,增强备案审查整体成效。

会议共分四个单元展开讨论,论题分别为:贯彻党的十九届四中全会精神,加强宪法实施和监督;发挥备案审查在坚持和完善中国特色社会主义制度、推进国家治理体系和治理能力现代化中的重要作用;在备案审查中有效推进合宪性审查;维护国家法制统一与鼓励地方立法创新发展。

首个正式宪法解释案值得期待

（2019 年 12 月 10 日）

党的十九届四中全会通过的《中共中央关于坚持和完善中国特色社会主义制度　推进国家治理体系和治理能力现代化若干重大问题的决定》提出，健全保证宪法全面实施的体制机制。加强宪法实施和监督，落实宪法解释程序机制，推进合宪性审查工作。

没有宪法解释，就没有合宪性审查。开展宪法解释活动是健全保证宪法全面实施的体制机制的重要内容，也是开展合宪性审查的必经环节和绕不过的程序。“可以说，每一次合宪性审查实践，都可能涉及对宪法相关问题的研究，都会涉及对宪法相关内容的理解和把握。”全国人大常委会法工委法规备案审查室主任梁鹰指出，启动合宪性审查，就必然要涉及到对宪法精神、宪法原则、宪法规定等的理解、认识和把握。推进合宪性审查工作，对正式启动宪法解释程序提出了要求。

近日，全国人大常委会法工委在湖南省长沙市召开备案审查工作会议。这也是党的十九届四中全会后召开的首次全国性备案审查工作会议。会上，有关宪法解释问题引发各方关注。

正式意义宪法解释程序尚未启动

解释宪法是一个重大理论和实践问题。宪法明确规定了全国人大常委会的宪法解释权。但到目前为止，在我国宪法解释并没有真正适用过。

记者梳理发现，历史上，1983 年，全国人大常委会曾作出关于国家安全机关行使公安机关的侦查、拘留、预审和执行逮捕的职权的决定。决定指出，“第六届全国人民代表大会第一次会议决定设立的国家安全机关，承担原由公安机关主管的间谍、特务案件的侦查工作，是国家公安机关的性质,因而国家安全机关可以行使宪法和法律规定的公安机关的侦查、拘留、预审和执行逮捕的职权。”这被视为准宪法解释,并不是真正意义上的宪法解释。

今年3月15日,十三届全国人大二次会议表决通过了外商投资法。几天后,全国人大常委会法工委宪法室对外发表题为《我国外商投资立法与宪法第十八条规定含义的与时俱进》的文章。文章指出:“1982年宪法第十八条首次在国家根本法上规定国家允许外商来中国投资,明确国家保护外商合法权益,为外商来华投资提供了宪法保障,也为涉外经济立法提供了根本法遵循。”

“这一规定是结合当时情况,从外商投资政策导向、外商投资形式、中方投资者范围、外国投资者范围等四个方面作出规定。现行宪法的历次修改对该条均未作修改。以此为基础,国家利用外资方针政策不断调整,相关法律法规日益完善,宪法的这一规定的内涵外延也随之发生了渐进式、扩容性的演进。”这一官方阐述,被业内视为采取了宪法解释的方法对宪法条文进行了分析。

到底什么是真正意义上的宪法解释?“这既包括正式立法意义上的、以宪法解释案形式出现的、程式化的解释,也包括在审查过程中阐释性的对宪法有关内容的认识、理解和把握。”梁鹰举例说,比如涉及重大制度或政策调整,在一时难以启动宪法修改而又需要广泛凝聚共识的情况下,就需要在深入研究的基础上由全国人大常委会及时对宪法有关内容作出有权解释,为重大改革决策部署提供合宪性支撑,以适应新时代改革发展的要求。“这是适应法治要求贯彻实施宪法的重要途径,也是其他一些国家的通常做法。”

梁鹰同时强调,开展宪法解释的相关研究,一定要充分立足我国国情实际,严格依据我国宪法文本,紧密结合我国法治实践,思考如何积极、稳妥、合法、有效地解释、解读、实施宪法。

宪法解释和合宪性审查密不可分

宪法解释对于宪法的落地实施意义重大。而步入合宪性审查时代,宪法解释显得尤为重要。

“在法治成熟国家,任何重大社会政策的出台,最终都必须接受合宪性审查,各种相关价值判断和科学结论只有在被接受从而转化为宪法解释和论证后,才具有法秩序上的权威和效力。如果我们希望把中国建设成法治国家,就必须习惯于'援法而言',习惯于在法规范之下探讨问题。"中国人民大学法学院教授张翔说。

"宪法是一个国家的根本法,国家的国本之所在,规定了国家的根本制度。这意味着在一个很长的时期要用一部宪法来指导一切。所以必须保持宪法的稳定性。但是社会现实又不断发生变化,那么如何既保持宪法稳定性,又能适应社会生活发展变化,这就特别需要宪法解释。只有通过对宪法进行因为时代变迁需要的解释,才能真正把宪法的规定和精神贯彻到社会生活中去,才能真正做到一张蓝图绘到底。"张翔说。

哪些条款具有宪法解释较高现实必要性?

那么,哪个宪法条文或将成为首个进行宪法解释的条文呢?

"判断宪法解释时机,除了受该条款内涵特点、适用范围等影响外,还取决于党中央当前的中心、重点工作。"综合来看,浙江大学光华法学院副教授郑磊认为,当前有两个宪法条款具有宪法解释的较高现实。

一是基本经济制度条款。宪法第六条第二款规定:"国家在社会主义初级阶段,坚持公有制为主体、多种所有制经济共同发展的基本经济制度,坚持按劳分配为主体、多种分配方式并存的分配制度。""宪法开放性地规定了我国的基本经济制度并进行了明确列举,而在基本经济制度的开放性结构中其他组成部分,则在宪法实施中处于发展变化中。"对此,郑磊分析指出,党的十九届四中全会将基本经济制度的实施与发展汇总列举了三个组成部分:"公有制为主体、多种所有制经济共同发展""按劳分配为主体、多种分配方式并存""社会主义市场经济体制"。"这既体现了宪法基本经济制度条款的开放性,也对明确列举进行了丰富。可以说为宪法解释方案提供了内容。"郑磊说。

二是人身自由条款。宪法第三十七条第一款规定:"中华人民共和国公民的人身自由不受侵犯。"郑磊认为,这一条款由于跟收容教育制度有关联,因此也具备进行宪法解释的现实可能性。2018 年 12 月,《全国人民代表大会常务委员会法制工作委员会关于 2018 年备案审查工作情况的报告》指出:"近年来,收容教育措施的运用逐年减少,收容教育人数明显下降,有些地方已经停止执行。通过调研论证,各有关方面对废止收容教育制度已经形成共识，启动废止工作的时机已经成熟。”为此，报告建议有关方面适时提出相关议案，废止收容教育制度。“对收容教育制度存废讨论与关注，宪法第三十七条人身自由是其焦点，这也成就了对该条款进行解释的现实必要性。”郑磊建议，可结合收容教育制度存废，对宪法第三十七条进行解释，明确对于限制人身自由的强制措施和处罚只能制定法律，对于长时间限制人身自由的强制措施和处罚则必须经过司法程序。

张翔预测宪法第二十五条“国家推行计划生育，使人口的增长同经济和社会发展计划相适应”和第四十九条第二款“夫妻双方有实行计划生育的义务”或将成为首个宪法解释启动条款。

“目前国家相关计生政策已经进行了调整，但这两个宪法条款都不构成对计划生育政策进行调整的障碍，并且第二十五条实际上还赋予了政策调整的充分空间。这一条款所设定的国家任务的目标只是‘使人口的增长同经济和社会发展计划相适应’，在此目标之下，计划生育的具体政策和措施的范围可以有很大跨度：只要能证明合于这一目标，推行节育以控制人口增长、不干预生育而令人口自然增长、鼓励生育奖励多生，都是可以选择的措施。因此，这两个条款有着充分的宪法解释空间。”张翔说。

将备案审查由“重器”打造成“利器”

（2019 年 12 月 17 日）

备案审查制度，对于健全保证宪法全面实施体制机制，维护国家法制统一、尊严、权威至关重要。

党的十九届四中全会《中共中央关于坚持和完善中国特色社会主义制度　推进国家治理体系和治理能力现代化若干重大问题的决定》提出，加强备案审查制度和能力建设，依法撤销和纠正违宪违法的规范性文件。

按照以往惯例，即将于 12 月下旬举行的全国人大常委会会议将听取并审议 2019 年度全国人大常委会法工委年度备案审查工作情况报告。从不做不说，到只说不做，再到只做不说，到现在又做又说，备案审查工作在不断进步。

备案审查工作不但是全国人大常委会的一项重要职能，也是各级地方人大的一项重要工作。如何处理好创造性开展地方立法工作与维护社会主义法制统一的辩证关系，是当前地方立法面临的一个重要课题，也对地方备案审查能力和制度建设提出了新的要求。

地方立法仍面临多重困境

近年来，随着“四个全面”战略布局深入推进，全国人大常委会加快了法律修改工作，许多内容都涉及需要地方性法规配套实施的问题，由此就相应地带来地方性法规的清理问题。

清理地方性法规，既是对地方立法的监督，也是对地方立法的促进。今年 7 月至 9 月，受有关部门委托，湘潭大学课题组对湖南省 2000 年以来制定的 183 件省级地方性法规进行了全面清理。

湘潭大学法学院副教授李锦参与其中。在李锦看来，有两点突出问题值得关注。

“法制统一”问题较为突出。具体包括:与上位法所规定的内容不一致,典型表现主要是规范表述的不一致和立法内容的疏漏;与党中央战略决策部署、国家重大改革措施不一致,存在“立法不适应”的问题。“这一问题的数量最多,其中有两个主要表现,一是与党和国家的机构改革方案不相适应,在主管机关的职权配置上面临着较为突出的修改完善问题。二是与深化“放管服”改革、优化营商环境不相适应。部分地方性法规与国务院及各部门制发的规范性文件协调衔接不够,存在‘体系冲突’的问题。”李锦说。

“地方立法创新”相对平淡。在缺乏明确授权时,地方立法创新主要体现为地方特色性的规定,但由于具体的制度设计多数是上位法的补充细化,所以仍缺乏令人眼前一亮的立法创新;另一方面,某些先行先试、具有示范意义、填补国内立法空白的地方性法规虽然为当时的改革发展稳定大局提供了法制保障,但随着国家立法的陆续出台和完善,最终归于平淡,亮点不再。

维护法制统一同时如何创新

地方立法,如何既能从内容到形式不违反法制统一的原则,又能保证灵活适当地回应地方需求?在近日全国人大常委会法工委举办的备案审查工作会议上,一些地方人大负责人结合工作实践建言献策。

“一统就死,一放就乱。我们过去的教训还是比较多的。”湖南省人大法制委副主任委员、常委会法工委主任吴秋菊从事地方立法工作20多年,在她看来,处理中央和地方关系的时候,把握好地方性法规备案审查的标准和尺度尤为关键。而地方性法规备案审查正确、也是唯一的标准就是不抵触。她建议应对何为“抵触”作一个相对明确的权威解释。

吴秋菊尤为强调多为地方立法留白十分必要。“如此,地方立法才有创新的余地。”她建议全国人大常委会、国务院在制定法律、行政法规的时候应有所为、有所不为,只规定基本原则和需要在全国统一实行的基本制度即可,有些事项如果是属于地方事权就独立留给地方,或把一些具体的制度措施留给地方。

“地方立法必须创新，必须紧密结合当地实际，回应地方需求，突出内容创新，才能彰显其在地方事务管理中的独立价值。然而，地方立法如果一味追求大胆创新，也容易出现‘过度创新’‘越界创新’的情形，导致备案审查通不过，使得地方性法规在合法性上饱受争议。”山西省人大常委会法工委副主任段宝燕认为，地方立法绝对不能涉及属于国家专属立法权的事项，在法律授权范围内也要克制进行。同时，地方立法应当以我国现有的宪法、法律、行政法规等上位法为上限，以基本的伦理道德、社会观点和当地风俗民情为下限。

“当前，备案审查相关法律法规已基本具备，但实践中仍有一些问题需要进一步明确和完善。”北京市人大常委会法制办公室副主任王德林建议，全国人大常委会尽快出台备案审查工作规范，为存在争议的问题提供法律或者政策依据。如进一步明确适当性审查标准、如何合法有效开展对“两院”规范性文件进行备案审查等等。

加强备案审查制度能力建设

在全面依法治国的背景下，地方立法的质量直接影响地方的治理能力和治理水平。而备案审查是我国宪法确认的合宪性和合法性的控制方式。该如何加强地方备案审查工作，是当前值得重点研究的问题。对此，一些学界人士给出了多方面建议。

厦门大学法学院教授朱福惠认为，首先，应当加强备案审查机构建设。要优化人大法制工作机构的职能配置，形成全国人大常委会法制工作委员会与省、市人大常委会法制工作委员会的工作协调与配合，增加专业人员的配备，形成科学合理的内部分工。其次，要加强备案审查工作程序建设。规范备案审查登记、初步审查、会议审议等工作程序，使之与立法法、《全国人民代表大会常务委员会议事规则》保持一致，形成备案审查工作内部协调一致的有机整体，提高备案审查工作效率。再次，要区分合法性审查和合宪性审查，建立两种审查的案件过滤机制。

上海交通大学法学院教授林彦建议，加强对现有制度效能的梳理，进一步发挥现有制度的作用，同时要发挥制度之间的合力，即制度群的作用，比如畅通法律询问答复与备案审查之间相互支撑的途径。此外，还应加强备案审查筛选机制变革功能的设置。“从实际上看,备案审查制度还处于发展过程当中,在这个阶段,应当更多鼓励公民、法人、其他部门积极地参与到备案审查工作当中。不宜对于参与的主体增加或者附加过多的程序性限制,否则有可能会阻却他们积极参与到过程中去。”林彦说。

全国人大常委会法工委开展备案审查案例交流

（2019 年 12 月 17 日）

2019 年 12 月 17 日，全国人大常委会法工委在湖南省长沙市召开备案审查工作会议，这是党的十九届四中全会后首次召开的全国性备案审查工作会议。值得关注的是，一批地方人大常委会备案审查案例在此次会议上对外公开。

“我们建议地方人大结合各自工作实际，对这些具体案例进行仔细研究和深入探讨，包括审查工作机制、审查方式方法、审查研究意见、处理纠正结果等等，达到促进地方备案审查能力水平逐步提升的目的。”据全国人大常委会法工委法规备案审查室主任梁鹰透露，近来全国人大常委会法工委正在推动开展全国范围内的备案审查案例交流，旨在通过相互学习借鉴，提高备案审查工作能力水平，增强备案审查整体工作成效。目前，全国人大常委会法工委正在对各地提供的数百件备案审查案例进行梳理汇总，分期分批陆续印发推出，并考虑在适当的时候召开全国性备案审查案例交流会议，通过认真研究备案审查典型案例，推动各地备案审查工作深入开展。同时，也希望学界通过具体案例来进一步加深备案审查理论研究。

记者注意到，此次公布的备案审查案例在审查机制、研究意见和处理结果等方面均各有特色。其中，有些案例是根据公民的审查建议提起，内容涉及限制、减损公民权利或增加公民的义务。如山西省人大常委会审查纠正省政府规章有关最低生活保障金减发或者停发的规定、福建省某县级人大常委会审查纠正本级政府关于因超生开除公职的规范性文件、浙江省人大常委会审查纠正某地市政府关于房屋所有权转移办理公证的规范性文件、湖南省人大常委会审查纠正某地政府有关禁止燃放烟花爆竹管理规范性文件等。

有些案例则是因为与上位法规定构成明显冲突和抵触，主要表现为法律责任条款抵触、直接违反上位法或者与上位法的规定不符而被纠正。比如天津市人大常委会审查纠正下级人大常委会关于将企业融资还款列入政府年度财政预算的决议决定、上海市人大常委会审查处理下级人大常委会关于限定常委会工作机构组成人员资格的规范性文件、湖北省人大常委会审查纠正某地市政府关于劳动教养的规范性文件、西藏自治区人大常委会审查纠正本级政府规章关于不当扣除村民委员会成员报酬的规定等。

还有些案例是规范性文件因不当扩大政府主管部门的职权范围、违规设定行政许可或行政强制措施等而被纠正。比如重庆市人大常委会审查纠正本级政府有关户外广告位经营权公开出让规范性文件、北京市某区级人大常委会审查纠正本级政府关于规范共享自行车管理的规范性文件、河南省人大常委会审查纠正地方“两院”关于规范伤害案件伤情鉴定工作程序的规范性文件、山东省人大常委会审查纠正下级政府有关快递网点管理规范性文件、甘肃省人大常委会审查纠正甘肃省有关工伤保险事务的政府规章等。

既要维护法制统一　又要创造性立法

备案审查不能缺位　立法创新也要跟上

卸“包袱”吃“定心丸”　保护鼓励地方创新立法

（2019 年 11 月 19 日）

每年全国地方立法工作座谈会上，总有一个问题要被提及，那就是备案审查。今年，情况依旧如此。在近日召开的第二十五次全国地方立法工作座谈会上，备案审查依旧是重点。

备案审查工作是保证宪法全面实施的重要制度，发挥着维护国家法制统一、尊严、权威的重要作用。党的十九届四中全会再次提出，加强备案审查制度和能力建设，依法撤销和纠正违宪违法的规范性文件。

会议提出，作为各级人大的一项重要工作，法规备案审查可以从事后发现问题、解决问题，实现“惩前毖后、治病救人”，达到提高立法质量、提高治理实效的根本目的，实现法律体系内部的科学和谐统一。

会议同时要求处理好创造性开展地方立法工作与维护社会主义法制统一的辩证关系。地方人大也要注重对法规草案的把控和审查，守住底线、不逾红线，绝不能让有违反中央政策、规避上位法规定等问题的法规“带病过关”。

鼓励放手创新探索为地方立法松绑

2017 年 7 月，党中央公开通报甘肃祁连山自然保护区生态环境遭受严重破坏的问题，《甘肃祁连山国家级自然保护区条例》成为“在立法层面为破坏生态行为放水”实例。受这一地方立法“放水”事件的影响，实践中，一些地方人大的同志思想上有了“包袱”，甚至不敢放手创新探索。

此次会议明确指出，对于主动担当作为、积极推动中央重大决策部署贯彻落实的地方性法规，只要主观上没有违反党中央方针政策、规避上位法规定的故意，客观上没有造成重大不良影响，审查出问题能及时进行改正，就实现了备案审查的目的，不必追究相关责任。会议同时指出，具体问题要具体分析，地方人大遇到拿不准的事项，要多与全国人大常委会法工委进行沟通，争取事先取得一致，获得支持。

“心头一热，心头一振。”天津市人大法制委主任委员、常委会法工委主任王泽庆用八个字形容了自己的心情。“要创新，还要不抵触可操作有特色。怎么把握？边界在哪儿？我们也在思考这样的问题。现在等于给我们吃了一颗‘定心丸’。”

海南省人大法制委副主任委员邓云秀认为，给地方放权加大立法空间，从坚持和完善国家制度方面让地方能更多先行先试，才能真正发挥地方立法的“试验田”作用。“希望全国人大在加强备案审查的同时继续支持和指导地方立法工作。”

多地探索做“实”做“亮”备案审查工作

记者从会上获悉，目前，一些地方人大常委会坚持问题导向，积极探索和尝试规范性文件备案审查新的工作体制机制，推动地方备案审查工作向纵深发展，已经收到较好效果。

比如，湖南省人大常委会提出要“整体规划、共同推进、创新发展”，重点从建立协商推进报备工作机制、完善备案审查工作责任制、完善审查工作联席会议制度、建立审查咨询和第三方审查制度四个方面进行创新，并专门建立立法专家库，聘请56名专家为咨询专家。同时明确备案审查一些专业性较强的问题、内容复杂的专项审查委托第三方进行，保证审查工作的科学性。

又如，黑龙江省人大常委会为推动人大系统备案审查工作走上规范化、法制化轨道，在全国率先以地方性法规加以明确，于2018年8月审议通过《黑龙江省各级人民代表大会常务委员会规范性文件备案审查条例》，创制性地将监察委单独制发的规范性文件和“两院”制发的涉及审判、检察工作的规范性文件都纳入备案审查范围，具有重要意义。

再如，河南省人大常委会于2016年10月、2017年7月先后通过《关于审查批准设区的市的地方性法规的工作意见》和《审查批准设区的市的地方性法规工作规程》两个文件,要求省人大常委会法工委提前介入,全程指导。同时,《河南省地方立法条例》进一步明确了提前介入制度。省人大常委会法工委从合法性、适当性、协调性、技术性等方面对设区的市进行“面对面指导、一对一帮扶”,取得了很好的效果。

地方性法规审查标准亟待明确

但应当看到,备案审查工作加快推进的过程中,还有一些薄弱环节不容忽视。尤其是有关审查标准的问题,在当前实践中仍存在不同看法,出现较多争议。

“必须要精细化设计和考虑地方性法规审查标准问题。现在有一种趋向,即把标准扩大到适当性,这是需要谨慎的。审查标准的内涵需要与时俱进,但是不能违背规律,否则可能会带来一些问题。比如,地方立法就会没有预期,从而限制了发挥作用的空间。”浙江省人大法制委主任委员丁祖年认为,应高度重视实践中审查标准宽泛化的问题。审查地方性法规要有一些具体标准,要从地方因地制宜地去判断,要从社会效果、法律效果的一致性去判断,不能机械、教条式地判断,不能停留在一些表面文字上。

湖北省人大常委会副秘书长、法制委副主任委员付正中指出,备案审查的标准应当具有柔性,在符合中央方针、符合法律精神、符合人民群众需求三个大的情况下来进行。

上海市人大法制委副主任委员、常委会法工委主任丁伟建议从立法上弥补短板,由全国人大进一步总结多年来实践经验,出台备案审查法。他同时还提出,要对上位法没有规定时该如何判断地方立法到底合法与否的问题加以研究。

宁夏回族自治区人大法制委主任委员刘彦宁建议能够尽早将备案审查法起草工作提到议事日程。“目前备案审查本身还缺乏相应的完善的法律保障。随着实践发展,非常有必要对备案审查工作以国家法律的形式加以规范。”

建议加快备案审查信息平台建设

备案审查工作的信息化建设也是此次会议的热点。

云南省是全国备案审查信息化建设四个试点省份之一。“信息化最根本的是要有大数据的支撑,这是最关键的。信息化智能化如果缺了大数据,就像四五岁的儿童一样。”云南省人大法制委主任委员周云建议加大备案审查的大数据工作进程,同时提高数据库平台建设的权威性和规范性。

陕西省人大法制委主任委员、常委会法工委主任何少林也建议加快国家统一的法律数据库建设,为地方人大立法审查工作提供帮助。“现在地方人大建备案审查信息平台的时候,还要专门掏钱购买公司出的法律数据库。建议尽快建立供全社会免费使用的国家法律数据库,有利于全社会学法、知法、守法。”

备案审查意见“存疑”如何处理　专家建议建立健全救济通道

完善纠错机制　做实做强备案审查

（2021年04月13日）

曾经略显神秘的备案审查工作关注度正在与日俱增，连续几年的全国人大常委会法工委备案审查年度工作报告都备受瞩目与肯定。可以说，我国备案审查制度建设已取得初步成效，进入新的发展阶段。

但也应该看到，备案审查在发挥维护法治统一、尊严和权威作用的同时，制度建设方面依然存在一些需完善之处。这其中，审查意见若存在疑义甚至产生巨大争议时该如何处理，引起了学界关注。

近日，一些业内专家在接受《法治日报》记者采访时指出，要积极探索形成符合法治规律、积极回应社会关切的备案审查体系，为稳步推进合宪性审查制度、适时启动宪法解释程序积累经验。特别是现行法律规范关于备案审查工作的自我纠错机制尚不完善，无法对备案审查机关作出的存有疑义或争议的审查意见提供相应的救济渠道，应及时加强和改进备案审查程序机制。

多方面原因导致出现存疑审查意见

“从长远来看，如果缺少存疑、争议性备案审查意见救济机制，会导致备案审查正当性的流失与公信力的降低，直接制约着备案审查功能的有效发挥。”中国法学会宪法学研究会副会长、武汉大学法学院教授秦前红说。

谈及为何会出现存疑的审查意见，秦前红分析指出原因是多方面的。

首先，事实认定有误。备案审查主要是抽象审查，由于法律规范的抽象性与原则性，审查时难以简单地通过对规范性文件条文的适用作出是否存在违宪违法等问题的判断，而是需要对规范性文件背后所蕴含的相关事实因素予以准确认识、挖掘、整合，综合分析研判后才可得出相应审查意见。这就要求对被审查对象相关事实的认定不得有误。其次，法律理解失当。由于法律语言具有抽象性与模糊性的特点以及有些法律规范在表述上具有特定倾向性，造成了审查过程中对法律规范的理解与解释的不确定性，进而影响审查意见的准确性、合理性。再次，人为主观出错。比如，负责审查的工作人员由于能力不足，工作水准难以应对审查过程中的疑难、复杂问题，甚至出现错误适用法律规范的情况。

此外，由于当前我国已形成多元备案审查体系，对地方性法规、自治条例与单行条例存在双重备案审查机制，对地方政府规章则存在多重备案审查机制。“因此，不同审查主体基于不同的立场、审查强度，对同一法律规范也有可能作出相互冲突的审查意见。”秦前红说。

那么，目前实践中，如果制定机关或者申请人对于备案审查的结果不服，是否有救济的渠道？

“一些地方的备案审查程序中已经规定了类似的程序。”北京航空航天大学法学院教授王锴具体介绍说，一种方式是允许制定机关提起复核申请。比如，《贵州省规范性文件制定程序和监督管理规定》第三十一条规定，规范性文件的制定机关对承办备案审查的人民政府法制机构作出的备案审查处理意见有异议的，可以自接到书面通知之日起 15 个工作日内，向接受备案的人民政府提出审核申请，并将审核申请抄送承办备案审查的人民政府法制机构，人民政府法制机构应当在 15 个工作日内向本级人民政府提交审核意见。又如，《吉林省规章规范性文件监督办法》第十六条规定，规章、规范性文件的制定机关认为政府法制部门作出的处理决定违法、不当的，可以向其上一级政府法制部门申请复核。上级政府法制部门应当自接到复核申请之日起 30 日内进行审查，作出处理，并通知申请机关。除此之外，还有一种方式则是允许申请人提起复查申请。比如，《河北省规范性文件制定规定》第二十八条规定，公民、法人或者其他组织认为公布的规范性文件有违法内容的，可以向制定机关提出审查建议。

对存疑备案审查意见应有救济通道

“备案审查制度功能之一，就是实现国家法制统一，及时发现规范性文件存在的问题，对法律体系的漏洞进行填补，不断优化法律体系。而存疑的审查意见，不但起不到发现问题、分散风险的作用，还会产生新问题，使法律缺陷不断累积，逐渐破坏整个国家法律体系的统一性与稳定性。”秦前红认为，在备案审查备受社会瞩目的情况下，存疑的审查意见，尤其是重大争议性审查意见会产生多方面的负面效应。不但降低公众对备案审查的制度信心，还会减损有关国家权力机关的权威性，甚至产生对备案审查制度正当性的质疑。

鉴于此，秦前红建议采取积极措施，避免因审查意见存疑而引起社会争议，损害备案审查主体之权威。具体方式可构建起相应的程序机制，明确全国人大常委会法工委与地方人大常委会备案审查意见存疑的制度回应通道，探索设立备案审查后评估制度，为建成一套内容科学、程序严密、配套完备、行之有效的备案审查体系奠定坚实的制度基础。“相应程序经探索设立后，若能发挥实效，在具备成熟经验的基础上，有权机关应及时修订相关法律与备案审查工作办法，以填补法律空白，调整、优化相应程序配置。”秦前红说。

秦前红同时强调，全国人大常委会法工委作出的审查意见是终局性决定，在其作出后不宜适用异议程序，而是应通过事前程序来防范审查意见可能出现的问题。为此，他建议，一方面，组建国家备案审查专家委员会，制定相应工作办法，明确专家委员会意见采纳与反馈机制，规范、保障专家委员会工作的有序开展；适时邀请专家委员会委员参加联合审查会议。同时，设立争议性备案审查意见听证制度，及时制定听证规则，明确听证触发事由、参与主体、程序设计等内容，推动该项听证程序与其他关联制度的衔接、协调。

此外，在秦前红看来，备案审查制度究竟好不好、完善不完善，除备案审查机关以汇报工作等形式接受评价外，还需建立一套“回头看”的后评估机制，以检验制度运行实效、发现制度缺陷。

“有关方面应主导建立备案审查后评估制度，及时制定后评估规则办法，明确评估主体、程序、指标等内容，尤其重视如何通过该项制度化解存疑、争议性备案审查意见所带来的风险，以丰富完善对备案审查制度自身的监督约束机制，实现备案审查之‘审查’。”秦前红说。

自我纠错可通过“找上级”方式解决

对于如何处理备案审查自我纠错问题，中国社会科学院法学研究所助理研究员朱学磊认为，一个主要思路就是要遵循备案审查的工作机制和基本原理。

据朱学磊介绍，目前我国实行的是多层级、多主体的立法体制，从立法法等关于立法适用的相关规定可以看出，一旦出现立法争议，解决方式上预设的基本逻辑就是立法者的层级越高，立法能力越高、民主性越强，也就越有资格作为纠纷的裁决者。同样，这也可运用到备案审查的自我纠错工作中。

“在纠正备案审查机关可能出现的错误时，首先要能够真正解决问题，纠正错误，不宜过于复杂，其次，应当有一个最权威的裁决者。”朱学磊具体指出，上级人大常委会有权纠正下级人大常委会的备案审查决定，全国人大常委会的备案审查决定则为终局决定。而政府系统的备案审查工作则相对复杂。以地方政府制定的规章为例，除了需要报请国务院备案，还要报请同级人大常委会备案。此外，设区的市的政府规章还要报省级人大常委会和政府备案。“这就意味着，如果省级政府应当服从国务院的审查决定、设区的市人大常委会应当服从省级人大常委会的审查决定，那么，在国务院和省级人大常委会之间就无法通过层级的高低来判定以谁的意见为准，因为两者分属不同系统，不存在领导或指导关系。”朱学磊认为，在此情形下，诉诸全国人大常委会由其作出最终裁决是比较合适的做法。

“总之，备案审查工作的自我纠错机制可通过‘找上级’的方式解决，如果上级之间存在不一致，可提交全国人大常委会处理。”朱学磊说。

备案审查制度被全面激活后如何提质增效

（2021 年 11 月 30 日）

一座联通我国备案审查工作实务界和理论界的桥梁崭新架起。全国人大常委会法工委于近日成立备案审查专家委员会。这是全国人大常委会推动新时代备案审查工作与时俱进、完善发展的一个新的重大举措。

备案审查对于维护党中央权威，维护宪法法律权威，保证社会主义法治的统一性，保证规则之治和良法之治，推进国家治理现代化，意义重大。不久前在京召开的中央人大工作会议要求，加强对宪法法律实施情况的监督检查。

近年来，全国人大常委会为贯彻落实党中央部署，在备案审查组织、程序、实体及实践等方面采取多项举措，全方位积极推进备案审查工作，取得了一系列重大成果，社会影响力不断扩大。从“鸭子凫水”到“乘风破浪”，可以说，我国备案审查工作目前已经被全面激活。但同时，面对新形势新任务，备案审查工作也面临诸多新的考验。

如何使备案审查工作更好发挥在全面贯彻实施宪法、加快完善中国特色社会主义法律体系等方面的重要作用，如何提高备案审查工作质量，如何加强备案审查理论研究……围绕一系列新问题，在近日举行的备案审查专家委员会第一次全体会议上，首批受聘的多位专家结合各自研究实践对备案审查工作提质增效建言献策。

加强备案审查制度建设

自 2017 年以来，全国人大常委会每年都会听取全国人大常委会法工委备案审查工作情况的报告并形成惯例。按照安排，第五个年度备案审查工作报告也即将公开亮相。

“受篇幅所限，以往每年的报告在讲到一个法律文件不合法或不合宪时,往往只讲结论,而没有论证或者论证过于简单,社会公众可能产生疑惑。”中国人民大学法学院教授胡锦光建议进一步增强审查结论的说理性。在他看来,增强说理性还有一个更大意义在于,通过备案审查机制向社会公众传达社会主义核心价值观,而这也是备案审查机制的核心价值所在。“党中央要求把社会主义核心价值观融入立法当中,宪法和法律是社会主义核心价值观的主要载体。把法律文件不合法或者不合宪的道理说透,就是向社会公众传达社会主义核心价值观。”他举例说,比如一些地方性法规规定网约车司机必须具有本地户籍,这实际上违反了平等原则。“如果能够说理充分,社会公众就能真真切切地感受到平等是社会主义核心价值观的内容之一,社会主义核心价值观才能够真正内化于心、外化于行。”

结合备案审查工作报告机制,北京大学法学院教授王锡锌建议建立备案审查典型案例制度、备案审查指引等工作机制,发挥“点面结合”的机制优势、以“点”促“面”的路径优势,使有限的资源发挥最优的制度效能,促进备案审查工作实现效能最大化。“具体来说,所谓‘点’,即结合党中央工作的重点和现实中存在的突出问题,集中力量对特定领域的规范进行深度审查,发现和纠正突出、典型问题;所谓‘面’,即对发现的问题进行归纳提炼,形成具有指导性、指引性的规则,从而促进同类问题的规范化。”

上海交通大学凯原法学院教授林彦建议,除了报告之外,每年专门选择一些社会关注度高、影响面广的个案,及时将审查意见全文公开,进一步提升审查结论的社会影响力和适用效果。“具体可借鉴最高人民法院裁判文书网,在全国人大官方网站上开设专门栏目用来公开审查意见。”

武汉大学法学院教授秦前红建议建立备案审查工作释疑制度或者说合理化解释制度。此外,还可以考虑请权威专家作更详尽的解释,通过客观性、民主性说理进一步答疑解惑。

建立备案审查过滤机制

备案审查工作社会影响力不断扩大的一个最佳例证,就是公民、组织提出的审查建议数量屡创新高。数字显示,2020 年,全国人大常委会收到公民、组织提出的审查建议达 5146 件。而从 2013 年到 2017 年 5 年间,此类审查建议数量仅为 1500 余件。

数字的井喷无疑给备案审查工作带来不小的挑战。根据立法法规定，组织和公民就法规等的合宪性、合法性可以向全国人大常委会提出审查建议。但法律并没有对审查建议设定任何条件。

在胡锦光看来，备案审查作为一项制度具有特定的功能，主要解决法律文件中可能存在的合宪性、合法性和适当性问题，并不解决其他纠纷或者争议。如果不设定条件，极有可能使这一制度陷入大量的无效工作当中。鉴于此，他建议对组织和公民个人提出审查建议设定明确的条件。

“这样既可以让组织和公民清楚知道是否可以提出审查建议，也可以使法工委在对建议进行初步形式审查时有明确的依据。”胡锦光说。

秦前红建议为备案审查建立必要的“过滤机制”。“备案审查制度被激活后，各方都非常期待，可能会有大量的审查建议涌入。建立一套程序制度，可以为备案审查实现行稳致远提供制度保障。”

不断完善整体制度框架

“备案审查工作有两个核心，即审查依据和审查标准。”中国社会科学院法学研究所所长、研究员莫纪宏指出，备案审查强调的是“下位法必须服从上位法”的上下级法律效力体系的理念。因此，备案审查要想真正能够立得住，审查依据不能太宽泛，只应上“符”一级，即“宪法”是“法律备案审查”的依据，“法律”是“法规备案审查”的依据，“法规”是“规章备案审查”的依据。

莫纪宏说，审查标准须各方认可。“按照宪法规定的立法监督原则，审查标准分为形式标准和实质标准两类。后者实际上包括三个层次。首先是语言学标准，主要对文字、语法、逻辑、结构等进行审查。其次是语义学标准，主要是对上一个层次的依据以及相关规定作缩小或扩张解释等。第三个是语用学标准。”

在莫纪宏看来，目前备案审查实践工作中，三个层次的标准还不是很清晰。虽然审查建议大部分涉及的是语义解释，但尚未系统化，建议尽快对审查标准进行明确和完善。

值得一提的是，近些年来，我国备案审查整体制度框架日益成熟与完善，丰富和发展了相关规则体系。2019 年 12 月，全国人大常委会委员长会议通过了《法规、司法解释备案审查工作办法》，整体制度框架的不断更新迭代为备案审查工作提供了更明确的规则和更有力的支撑。

“《法规、司法解释备案审查工作办法》作为规范性文件其位阶有限，与此同时，内容上还存在需与立法法进一步衔接的地方，如适当性审查等。这种情况可能会影响备案审查工作的权威性。”林彦建议，在条件成熟的前提下，尽快通过修改立法法消除不一致性。

加强实务界学术界合作

在备案审查领域，近年来越来越多的专家学者开始专注于备案审查的制度和理论研究，形成了一批有分量的研究成果，为备案审查实践提供了有益借鉴。

同时，全国人大常委会法工委也积极支持、推动学界加强备案审查理论研究和学科建设。比如，推动北京航空航天大学依托法学院成立了备案审查制度研究中心，并委托该中心就备案审查有关理论问题组织开展研究；委托浙江大学法学院就审查标准问题开展专题研究，推动北京航空航天大学、浙江大学等高校开设备案审查专门课程等。

中共中央党校（国家行政学院）政法教研部副主任、教授封丽霞指出，目前，立法实务界与学术研究界在备案审查领域已经实现良好互动、同频共振。此次全国人大常委会法工委成立备案审查专家委员会，并制定了七条工作规则，明确了委员的工作范围、职责等内容，这种常态化、制度化合作机制不但会加强实务界与学术界之间的合作，还会形成工作合力，是非常有意义的探索。

专家建议适时推出具有典型意义合宪性审查案例

进一步推进合宪性审查　加强宪法解释工作

（2021 年 11 月 30 日）

今年 12 月 4 日，是第八个国家宪法日。

宪法是国家的根本法，是治国安邦的总章程。弘扬宪法精神，树立宪法权威，全面贯彻实施宪法，是建设社会主义法治国家的首要任务和基础性工作。

宪法的生命在于实施，宪法的权威也在于实施。不久前在京召开的中央人大工作会议提出，要全面贯彻实施宪法，维护宪法权威和尊严。

备案审查是具有中国特色的宪法监督制度，是完善宪法监督制度的基础和重要着力点。近年来，全国人大常委会贯彻落实党中央决策部署，认真履行宪法监督职责，加大备案审查工作力度，采取了一系列重要举措。在近日举行的全国人大常委会法工委备案审查专家委员会第一次全体会议上，围绕如何更好发挥备案审查以及合宪性审查在宪法实施和监督中的作用，加强对宪法法律实施情况的监督检查，提高合宪性审查、备案审查工作质量，多位受聘专家给出方案。

多措并举推进合宪性审查工作

合宪性审查是保障宪法实施的一项关键制度。谈及如何进一步推动合宪性审查工作，清华大学法学院教授林来梵认为应当从三个方面着手。

首先，深入研究，谨慎遴选，适时推出具有典型意义的合宪性审查案例。“目前虽然案例已经非常丰富，但具有典型意义的合宪性审查案例尚未出现，特别是学术界一直期待的合宪性审查第一案还没有确立起来。实际上，许多国家最初都是通过推出具有典型意义的合宪性审查案例来树立审查机关的权威，从而推动合宪性审查的发展。”

其次，主动引领，有效疏通，建立健全多方联动的合宪性审查优先移送机制。林来梵认为，目前合宪性审查尚缺少动力机制，建议利用已经存在的制度资源建立多方联动合作的合宪性审查优先移送机制。

最后，立足本土，放眼未来，逐步建构一套基础扎实的有关备案审查原理与技术。“目前我国已经建立了具有中国特色的备案审查制度。这个制度怎么运行、操作还要进一步研究，比如，怎么建立合宪性审查的标准体系？合法性审查的判断具有什么效力？这都是具有理论深度和技术含量的问题。”林来梵认为，建立具有中国特色的基础扎实牢固的备案审查基础理论体系，是下一步需要推动的工作要点。

建议尽快制定宪法解释程序法

中国社会科学院法学研究所所长、研究员莫纪宏说，宪法解释是保证备案审查制度合法有效运行的重要法律机制。

据悉，目前学界对于是否已经存在宪法解释意见并不一致。在莫纪宏看来，主要原因在于制度上对具有一般法律约束力的宪法解释表现形式还没有达成共识。鉴于此，莫纪宏建议尽快制定宪法解释程序法，把全国人大常委会作出的宪法解释以宪法解释令的方式排序发布。

“尽管在实际中已经出现了对宪法条文含义作出说明、具有一定法律拘束力的实质性宪法解释，但由于没有以权威和正式的宪法解释令方式出现，所以很难具有针对所有国家机关、社会组织和公民的一般性法律效力。此外，目前的实质性宪法解释分散在不同性质的法律文件中，缺少‘统一’标准，因此需要以宪法解释令的方式来统筹目前已经出台的各种类型宪法解释，从而确保宪法解释自身的规范性。”莫纪宏说。

在上海交通大学凯原法学院教授林彦看来，下一步，备案审查工作中如何增强与宪法解释机制的互动值得关注。

“实际上，目前在已有备案审查工作中已开始积累合宪性、涉宪性问题的经验，例如 2020 年报告提到的征收民航发展基金问题、推行全国通用的语言文字教育教学问题、人身损害赔偿金城乡标准差异问题等。”林彦建议，研究备案审查中宪法解释与全国人大常委会宪法解释机制联动的实现路径，积累宪法解释规范资源，提高宪法解释的权威性。

注意区分合宪性和合法性审查

中国人民大学法学院教授胡锦光说，在推动合宪性审查工作时还需要注意一个问题，就是区分合宪性审查和合法性审查。

“备案审查中包括合宪性审查、合法性审查、适当性审查，其中最重要的是合宪性审查和合法性审查。这两种审查性质不同、审查依据不同，同时又有衔接关系。”胡锦光说。

胡锦光认为，两种审查有一个先后顺序。“只有穷尽合法性审查才能最终进入合宪性审查程序是各国的通例，也就是说，在法律范畴内能够解决的问题就不需要上升到宪法层面解决。”

第三部分　年度备案审查报告解读

全国人大常委会首次全面听取备案审查工作情况报告

（2017 年 12 月 25 日）

去年以来针对婚姻法司法解释第二十四条收到近千件审查建议，正研究处理。

《全国人民代表大会常务委员会法制工作委员会关于十二届全国人大以来暨 2017 年备案审查工作情况的报告》12 月 24 日提请十二届全国人大常委会第三十一次会议审议。全国人大常委会法工委主任沈春耀作工作报告。

值得一提的是，这是全国人大常委会首次听取有关备案审查工作情况。

报告显示，备案审查工作取得明显成效。十二届全国人大以来，截至 2017 年 12 月上旬，全国人大常委会办公厅共接收报送备案的规范性文件 4778 件，其中行政法规 60 件，省级地方性法规 2543 件，设区的市地方性法规 1647 件，自治条例 15 件，单行条例 248 件，经济特区法规 137 件，司法解释 128 件。2017 年度，全国人大常委会办公厅共接收报送备案的规范性文件 889 件。全国人大常委会法制工作委员会对报送备案的法规司法解释逐条进行主动审查研究，提出处理意见，推动制定机关对有关非法行医、拘传原告和被执行人等司法解释作出修改或者妥善处理。

十二届全国人大以来，共收到公民、组织提出的各类审查建议 1527 件，其中 2017 年度 1084 件。全国人大常委会法工委逐一进行审查研究，先后对有关道路交通管理、建设项目审计、计划生育管理、著名商标制度等地方性法规和有关附条件逮捕、夫妻共同债务承担等司法解释中存在的问题提出处理意见、积极督促纠正。与此同时，针对涉及预算审查监督、地方选举制度、行政审批制度改革、自然保护区等内容的地方性法规中存在的与上位法规定不一致等问题，有重点地进行专项审查研究，督促予以纠正。

被动审查：

五年来共收到公民组织审查建议 1527 件

报告显示，十二届全国人大以来，全国人大常委会法工委对收到的 1527 件由公民、组织提出的各类审查建议逐一进行认真研究，对审查中发现存在与法律相抵触或者不适当问题的，积极稳妥作出处理。报告中公布了多起备案审查典型案例。

根据 2016 年浙江省一位公民提出的审查建议，对有关地方性法规在法律规定之外增设“扣留非机动车并托运回原籍”的行政强制的问题进行审查研究，相关地方性法规已于 2017 年 6 月修改；根据 2016 年内蒙古自治区一位公民提出的审查建议，对有关司法解释规定“附条件逮捕”制度的问题进行审查研究，相关司法解释已于 2017 年 4 月停止执行；根据 2016 年中国建筑业行业组织提出的审查建议，对地方性法规中关于政府投资和以政府投资为主的建设项目以审计结果作为工程竣工结算依据的规定进行审查研究，于 2017 年 2 月致函各省、自治区、直辖市人大常委会，要求对地方性法规中相关条款进行清理，适时予以纠正；根据 2017 年北京大学、上海财经大学、浙江财经大学、人力资源和社会保障部劳动科学研究所 4 位学者联名提出的审查建议，对涉及人口与计划生育的地方性法规中关于“超生即辞退”的规定进行审查研究，于 2017 年 9 月致函有关地方人大常委会，建议对有关地方性法规作出修改；根据 2017 年上海大学等 20 多所高校 108 位知识产权专业研究生联名提出的审查建议，对地方性法规中规定著名商标制度进行审查研究，于 2017 年 11 月致函有关地方人大常委会，要求对有关著名商标制度的地方性法规予以清理废止，并致函国务院法制办公室，建议其对涉及著名商标制度的地方人民政府规章和部门规范性文件同步进行清理。

2017 年十二届全国人大五次会议期间，有 45 位全国人大代表分别联名提出 5 件建议，要求对最高人民法院制定的《最高人民法院关于适用〈中华人民共和国婚姻法〉若干问题的解释(二)》第二十四条关于夫妻共同债务承担的规定进行审查。2016 年以来，全国人大常委会法工委还收到公民提出的近千件针对这一规定的审查建议。全国人大常委会法工委于 2017 年 6 月召开座谈会，邀请提出建议的部分全国人大代表参加，与最高人民法院有关部门进行沟通研究，推动解决有关问题。

主动审查：

五年来主动审查60件行政法规128件司法解释

报告显示，十二届全国人大以来，全国人大常委会法工委对报送备案的60件行政法规、128件司法解释逐件进行主动审查研究。审查发现5件司法解释存在与法律不一致或者其他问题，及时研究提出处理意见。例如，2015年6月，审查发现民事诉讼法司法解释中有关拘传原告和被告执行人的规定与民事诉讼法的规定不一致，在有关专门委员会大力支持下，推动制定机关于2017年2月作出妥善处理。

与此同时，对以往审查发现的问题持续开展督促纠正工作。例如，2009年7月，审查发现有关非法行医的司法解释中将个人未取得医疗机构执业许可证开办医疗机构的行为认定为非法行医犯罪，与刑法规定不一致，经与制定机关反复沟通并跟踪督促，制定机关已于2016年12月对相关规定作出修改。

此外，2017年度，全国人大常委会法工委进一步加大主动审查力度，开始对2017年1月1日以后地方人大常委会报送备案的地方性法规逐件进行主动审查研究。目前，已经完成对14件行政法规、17件司法解释、150余件地方性法规的主动审查研究工作。

专项审查：

向地方“雷人法规”亮红灯　废止清理司法解释

报告显示，五年来，针对部分地方出台“雷人法规”突破法律规定、损害法律尊严，少数地方规定的预算审查监督内容超出本级人大及其常委会的职权范围，部分地方涉税规范性文件违法违规，个别地方没有根据修改后的选举法及时修改相关地方性法规，以及一些地方关于自然保护区的法规与上位法规定不一致等问题，全国人大常委会法工委多次开展专项审查。

例如，2015年结合全国人大常委会三次打包修改法律取消或者下放部分行政审批事项，对与法律修改内容有关的107件地方性法规逐件进行审查研究，督促地方人大常委会对30件与修改后的法律规定不一致的地方性法规及时作出修改。

2017年6月，在党中央通报甘肃祁连山自然保护区存在的突出问题及其深刻教训后，对专门规定自然保护区的49件地方性法规集中进行专项审查研究，并于9月致函各省、自治区、直辖市人大常委会，要求对涉及自然保护区、环境保护和生态文明建设的地方性法规进行全面自查和清理，杜绝故意放水、降低标准、管控不严等问题。截至目前，已有30个省、自治区、直辖市人大常委会书面反馈清理情况和处理意见，包括设区的市、自治州、自治县在内，总共已修改、废止相关地方性法规35件，拟修改、废止680件。

从2011年4月，全国人大常委会法工委开始督促指导开展对现行司法解释和司法解释性质文件的集中清理工作。经过将近两年的清理，最高法、最高检共分三批废止817件、确定修改187件司法解释或司法解释性质文件。

提高能力：

推进信息平台建设实现备案全覆盖

报告显示，全国人大常委会法工委通过修改立法法和制定内部工作制度，对备案审查工作作出明确规定。目前，正在抓紧研究起草备案审查工作规范，以细化立法法、监督法有关规定，进一步明确审查范围、标准、程序和纠正措施等。

报告介绍，经过努力，全国人大备案审查信息平台已于2016年底开通运行。1949年以来现行有效的行政法规、司法解释和1979年授予地方立法权以来现行有效的地方性法规已经按照统一的格式标准全部上传至备案审查信息平台。2017年1月1日以后新制定的地方性法规已经逐件开展电子报送备案，今后新制定的行政法规、司法解释也将逐件开展电子报送备案。

沈春耀表示，下一步，将加强备案审查工作，落实全国人大常委会提出的“规范性文件在哪里，备案审查就跟到哪里”和“只要规范性文件的制定主体属于人大监督对象，其制定的规范性文件都应当纳入备案审查范围，实现备案全覆盖”的要求；坚决纠正违宪违法问题；加强备案审查制度建设，制定统一的工作规范，逐步实行按年度向常委会报告备案审查工作情况制度；加强能力建设；加强理论研究；加强对地方人大的指导。

全国人大常委会分组审议备案审查工作情况报告

任何有立法性质文件都不能游离备案审查之外

（2017年12月27日）

12月26日，十二届全国人大常委会第三十一次会议对《全国人民代表大会常务委员会法制工作委员会关于十二届全国人大以来暨2017年度备案审查工作情况的报告》进行了分组审议。这是全国人大常委会第一次向社会公布备案审查制度的运行情况，是落实党的十九大报告明确提出的“加强宪法实施和监督，推进合宪性审查工作，维护宪法权威”的重要举措，也是备案审查制度的一项历史性突破。

审议中，全国人大常委会委员认为，近年来，全国人大常委会主动适应备案审查工作新常态，不断加大审查力度、完善审查机制、提高审查质量、拓展审查渠道，扎实推动备案审查工作有序开展，取得了非常明显的成效，为规范权力运行、保障群众利益发挥了积极作用。

与此同时，全国人大常委会委员指出，在目前工作中，无论是审查主体还是审查对象，都没有把备案审查放在应有高度来认识、重视、推进、落实。建议提高对备案审查工作的认识，努力把备案审查制度用起来、完善起来，通过备案审查，维护宪法法律的权威，保证法制统一。

进一步提高对备案审查重要性认识

备案审查制度是科学的宪法和法律监督制度，是中国特色社会主义法治道路的一个重要组成部分。但一直以来，社会公众对这项工作的知晓程度并不是很高。审议中，全国人大常委会委员认为应进一步加深对备案审查工作的重要性的认识，加大宣传。

“很长一段时间，社会包括学术界认为我国的宪法监督制度是一个空白，我们过去形容备案审查就像鸭子凫水一样，表面看起来很平静，但脚掌在下面一直工作,被社会称为'鸭子理论'。现在不是鸭子凫水了,而是乘风破浪的一艘航船。这个意义非常重大。”信春鹰委员说,备案审查制度是符合国情和实际、具有中国特色的宪法和法律监督制度,必须要充分认识备案审查制度的科学性和重要性。“备案审查制度科学,它能有效维护国家的法制统一,能够维护国家立法的严肃性。我们是单一制国家,只有一个中央政府和一个国家法律体系。地方立法不管有多少部,都是在国家立法的大的制度下做实施性的规定,范围和界限立法法规定得都很清楚。”

信春鹰介绍,备查审查制度从“备而不审、审而不纠、纠而不改”到现在的“有件必备、有备必审、有错必纠”,经历了长期的过程。从2004年在全国人大常委会法制工作机构成立备案审查室以来,经过各方面不懈努力,走到现在,实现了有意义的历史性突破。从工作方式原来主要是通过内部协调、协商解决问题,改变为既要通过协调协商,同时也要把问题放在桌面上公之于众,让全社会了解宪法实施和监督制度的实际运作情况。

任茂东委员建议要提高对备案审查工作重要性的认识。“目前我们习惯于把人大常委会的监督分为工作监督和法律监督。但我理解,从严格监督意义上讲,听取审议'一府两院'的专项工作报告、专题询问、特定问题调查、执法检查等监督手段都应属于工作监督范畴,而对规范性文件的备案审查才是真正意义上的法律监督。但在目前工作中,无论是审查主体还是审查对象都真正没有把这项工作放在应有高度,建议加以提高。”

加大对“一府两院”规范性文件及司法解释审查

审议中,全国人大常委会委员们建议应主动加大对“一府两院”的各种规范性文件进行审查。

“很长一段时间大家认为,文件比法律重要,而且文件层级越低越管用,黑头不如白头,白头不如口头。党的十八届四中全会决定禁止地方制发带有立法性质的文件,本意就是地方不可以在法律之外规定公民权利义务。这一要求有效遏制了一些不具有法定资格的主体制定规则的行为,但实践中还是存在大量的规范性文件。”信春鹰举例说,经常看到会有媒体曝光出来有些地方或者部门制定的所谓“奇葩”规定,不顾法律,市、县部门自己都发文,发了文就执行,确实给国家法制统一带来了很大的负面影响。还有一些地方性的规则,实际上还没有纳入审查范围。全国人大审查的是行政法规、地方性法规和司法解释,在这个之外的很多东西,比如规章,就由国务院审查。还有一些文件是打擦边球,看起来不像个规则,比如纪要、通知,但实际上规定了权利义务,具有立法性质,但现在并没有审查到,仍然游离在备案审查制度之外。对此,信春鹰强调,备案审查的结果要向社会公开,以产生硬约束的效果。

“现在对于基层来讲,最多的就是部门的通知,红头文件太多,这些文件也是具有指导性的。同一件事有不同阶段的红头文件,但原来的不取消,新的又增加。这方面的重叠,备案审查制度有何方式解决?特别是几部门联合发布的红头文件,有否进行备案审查?是否违背我们的法律?特别是罚则方面有没有权限?”贺一诚委员发出了一连串疑问。他建议一定要按照立法法的规定,不能越权。

任茂东委员认为,当前备案审查工作仍存在一些不足。特别是对司法解释的主动审查有较大差距,司法解释存在诸多越权没有得到改正的问题。“立法法对人大常委会的工作机构和专门委员会主动审查作出了明确的规定。立法法第九十九条规定,有关的专门委员会和常委会工作机构可以对报送备案的规范性文件进行主动审查。实际上,目前主动审查还显得不够。”任茂东建议,专门委员会和工作机构应积极加以推进,尽快解决“立而不备”“备而不审”等现象。

艾斯海提·克里木拜委员也认为要强化督促检查。“下面的文件很多、很杂,基层很多文件是不太符合宪法规定的,有些是纳入到备案审查范围的,还有很多是没有纳入到备案审查范围的,所以要督促检查,避免在社会上出现一些不良影响。”

增加编制加强组织机构建设

“目前的备案审查,有些时候可能更多的是备案,存在‘备而不审’的情况。其中一个原因可能是由于全国人大立法任务特别重,又要分一些力量到备案审查这块,导致人手不足。”王明雯委员建议增加法工委的编制,增强备案审查工作队伍的力量。

贺一诚说:“从 2004 年建立法规备案审查室以来,工作量越来越大,现在有地方立法权的主体也加多了,一定要解决增加人员的问题。伴随公民的法治意识不断提高,公民提出的审查建议,从2013年的62宗到2017年的1084宗,公民对有关的行政法规、地方性法规、司法解释等都会有不同的意见,而且以后会更多,所有审查建议都要由全国人大常委会进行审查。因此,应当加强备案审查室工作人员的编制。"

车光铁委员建议进一步加强组织机构建设。目前,组织机构不健全、专业性人才偏少、职能配置不够顺畅、体制机制不够完善等问题,在各地基层普遍存在,这也是导致"重备轻审""重被动审查轻主动审查"等现象出现的主要原因。"这些问题虽然在基层,但仅靠基层力量确实很难解决。应进一步加强备案审查工作组织体系建设,自上而下系统推进备案审查部门、人员和职能强化工作,不断提高基层备案审查工作规范化、专业化、科学化水平。"

加强对地方立法工作指导

修改后的立法法扩大了地方立法权限,2017年度,全国人大常委会接受报送备案的件数是889件,省级及设区的市的地方性法规数量就有802件。最多的是设区的市地方性法规444件。

"这说明目前备案审查工作的一个重点是此类规范性文件。"王明雯说,一方面地方立法需求在增大,但与此同时现在很多地方人大的立法能力不足、立法队伍很薄弱、立法质量也亟待提高,存在重复立法,甚至违反上位法的现象,有些地方还比较突出。她认为,如果要从根本上解决这个问题,除了报告中讲的要指导和支持地方人大开展备案审查工作外,更重要的是要加强对地方人大立法工作的指导和帮助,只有加强立法队伍建设,提高立法质量,才能从根本上解决问题。

艾斯海提·克里木拜委员说,现在基层人大,特别是市县两级人大人才缺乏,法律方面的人才更缺乏,出台一些自治条例、单行条例很困难,所以全国人大要加强对基层人大人才培训,要讲法律知识、规范性文件等方面的知识。

2018年备案审查工作情况报告披露多起典型案例

全年共收到1229件公民组织审查建议来信来函

（2018年12月25日）

继2017年12月全国人大常委会首次听取全国人大常委会法工委关于备案审查工作情况的报告后，备案审查工作情况的报告再次公开亮相。12月24日，全国人大常委会法制工作委员会主任沈春耀向十三届全国人大常委会第七次会议报告2018年备案审查工作情况。

一年来，共收到公民、组织涉及规范性文件的各类来信来函4578件，可以明确为审查建议的有1229件，其中属于全国人大常委会备案审查范围的有112件，占9.1%。112件审查建议中，建议对行政法规进行审查的5件，占4.5%；建议对地方性法规进行审查的63件，占56.3%；建议对司法解释进行审查的44件，占39.2%。

一年来，制定机关共向全国人大常委会报送备案行政法规、地方性法规、司法解释1238件，其中行政法规40件，省级地方性法规640件，设区的市地方性法规483件，自治条例和单行条例33件，经济特区法规24件，司法解释18件。

一年来，推动最高人民法院对婚姻法司法解释（二）第二十四条进行修改完善，对最高人民法院关于审理破坏野生动物资源刑事案件的解释、对最高人民检察院《人民检察院民事诉讼监督规则（试行）》有关规定进行审查研究。相关问题均已妥善处理。

一年来，对地方人大常委会出台的地方性法规予以督促纠正，比如《河北省人民代表大会常务委员会关于促进农作物秸秆综合利用和禁止露天焚烧的决定》《上海市道路交通管理条例》中有关内容进行审查研究。经沟通，地方人大常委会表示将对相关规定进行修改完善。

一年来，组织开展生态环境保护法规、规章、司法解释等规范性文件的全面清理工作，解决不一致不及时不到位问题；集中开展对道路交通管理地方性法规、部门规章的审查研究，涉及限行、限号、车辆年检等，重点审查研究是否符合上位法，是否不当限制公民权利或者增加公民义务。

“过去一年，从备案审查工作情况看，行政法规、地方性法规、司法解释的内容总体上是适应实际需要的，是符合宪法法律的。”沈春耀说，在全国人大常委会领导下，全国人大常委会法工委按照党中央提出的“有件必备、有备必审、有错必纠”的要求，积极开展备案审查工作，加大监督纠正力度，加强备案审查制度和能力建设，为全国人大常委会依法履行备案审查职责提供服务保障，备案审查工作取得了新进展。

尤为值得一提的是，鉴于实践中地方“两院”制定的许多规范性文件中，有不少直接涉及公民的权利义务的，全国人大常委会法工委拟从明年开始逐步推动将地方“两院”规范性文件全部纳入人大备案审查范围，重点是影响老百姓切身利益、直接涉及公民权利义务的各类规范性文件。

落实“有件必备”

以备案全覆盖带动审查全覆盖　以审查全覆盖实现监督全覆盖

据不完全统计，截至2018年11月底，规范性文件的制定机关共向全国人大常委会报送备案现行有效行政法规、地方性法规、司法解释12397件，其中行政法规755件，省级地方性法规6083件，设区的市地方性法规3519件，自治条例和单行条例995件，经济特区法规335件，司法解释710件。行政法规、地方性法规、司法解释基本实现了有件必备。

为推进政府规章备案审查工作，2018年2月，全国人大常委会法工委向北京、天津、上海、重庆等四个直辖市和深圳、珠海、汕头、厦门等四个经济特区市人大常委会发函，要求发挥先行先试作用，督促梳理全部现行有效的政府规章，并探索形成切实可行的备案工作机制。目前，四个直辖市和四个经济特区市共梳理出现行有效的政府规章1235件，正抓紧开展规章的纸质和电子报备工作。

落实“有备必审”

组织开展专项清理工作　推动解决社会现实问题

“保证党中央令行禁止，保障宪法法律实施，保护公民法人合法权利，是我们工作的初衷所在、职责所在。”沈春耀介绍说，一年来，全国人大常委会法工委综合运用依职权审查（即主动审查）、依申请审查、专项审查等方式，依法对规范性文件开展审查。

——解决不一致不及时不到位问题

打好污染防治攻坚战，是党中央确定的“三大攻坚战”之一。2018 年 7 月，全国人大常委会审议通过《全国人民代表大会常务委员会关于全面加强生态环境保护依法推动打好污染防治攻坚战的决议》，明确提出：“抓紧开展生态环境保护法规、规章、司法解释和规范性文件的全面清理工作，对不符合不衔接不适应法律规定、中央精神、时代要求的，及时进行废止或修改。”全国人大常委会办公厅向有关方面发函，要求做好生态环境保护法规、规章、司法解释等规范性文件的全面清理工作。全国人大常委会法工委向各省（区、市）人大常委会发出《关于加强加快大气污染防治和生态环境保护地方立法工作的意见》，督促抓紧制定完善大气污染防治方面的地方性法规。

目前，31 个省（区、市）均已反馈清理工作情况。经过一年多持续努力，各地清理发现存在与上位法规定不一致等问题需要研究处理的法规共 1029 件，目前已总共修改 514 件、废止 83 件，还有 432 件已列入立法工作计划，拟抓紧修改或者废止。同时，各地大力开展大气污染防治条例的制定、修改工作，目前 28 个省（区、市）人大常委会已经完成大气污染防治地方性法规制定、修改工作，其中新制定大气污染防治条例 15 件、修改 13 件，其余 3 个地方拟于 12 月底前完成相关立法任务。

“总的来看，各地积极开展生态环保法规清理和制定工作，举措有力，取得明显成效；但同时也存在个别地方认识不到位、贯彻落实不坚决、工作进展缓慢等问题。”沈春耀说。

——积极推动解决社会关注的现实问题

向全国人大常委会提出对法规、司法解释的审查建议，是立法法、监督法赋予公民的一项重要权利，也是人民群众对法规、司法解释制定工作进行监督的一个重要渠道。

2018 年，全国人大常委会法工委共对 22 件审查建议书面反馈了研究情况和处理结果。“对收到的审查建议，我们逐一进行登记、研究。对不属于全国人大常委会审查范围的审查建议，通过备案审查衔接联动机制转送有关方面研究处理，并对审查建议的办理情况进行跟踪。审查建议办理完毕后,及时向审查建议人反馈研究处理情况。”沈春耀介绍说。

值得一提的是,近年来收到的审查建议中,有不少是针对道路交通管理的地方性法规和规章提出的,涉及对车辆采取限行、限号措施以及将处理违章作为机动车年检前提条件等方面的规定。对此,全国人大常委会法工委2018年集中开展了对道路交通管理地方性法规、部门规章的审查研究,重点审查研究其中有关道路交通管理措施和行政处罚、行政强制的规定是否符合上位法,是否不当限制公民权利或者增加公民义务,在此基础上与一些地方人大常委会及公安部、生态环境部作了沟通。下一步,将针对审查研究中发现的问题,,与制定机关深入沟通并督促解决。

——对一些有不同认识的问题加强研究和跟踪

有关方面通过出台规范性文件,建立信用惩戒制度,推动社会信用体系建设;同时也引发了一些滥用信用惩戒侵犯公民隐私权和其他合法权益的担忧。又如,一些地方相继制定“地方金融条例”,带来了对金融管理是否属于国家立法专属事项、地方金融立法是否影响金融市场统一的不同认识……

实践中,备案审查工作中遇到的问题,不少是法规、司法解释等规范性文件在制定和实施中有不同认识、需要准确把握法律和政策界限的问题。

对此,沈春耀说:“针对这些情况,我们加强对有关规范性文件的审查研究,跟踪了解有关立法动态,防止出现侵犯公民合法权利的情况,防止出现超越立法权限和违背上位法规定的情形。”

落实“有错必纠”

及时督促纠正妥善处理　对法规纠正情况“回头看”

对备案审查工作中发现的问题,全国人大常委会法制工作委员会认真开展审查研究,通过与制定机关沟通、提出书面研究意见等方式,加大监督纠正力度,推动相关问题妥善解决。报告中公开了多起根据公民审查建议发起的备案审查案例:

——对有关规范性文件中存在问题及时予以督促纠正和妥善处理

推动最高人民法院对婚姻法司法解释(二)第二十四条进行修改完善。2018年1月,最高人民法院发布《最高人民法院关于审理涉及夫妻债务纠纷案件适用法律有关问题的解释》，对夫妻共同债务的认定标准和举证责任分配进行了细化和完善，有关问题得到妥善解决；

对最高人民法院关于审理破坏野生动物资源刑事案件的解释将“驯养繁殖物种”纳入有关“珍贵、濒危野生动物”范围的规定，以及关于适用公司法的规定（二）中有关公司股东、董事清算责任的规定，进行审查研究。经沟通，最高人民法院已启动工作，拟修改完善相关内容；

对最高人民检察院《人民检察院民事诉讼监督规则（试行）》有关“当事人对一审民事判决、裁定未提出上诉而向人民检察院申请监督的，人民检察院不予受理”的规定，进行审查研究。经沟通，最高人民检察院已停止执行该规定，并明确当事人针对人民法院作出的已经发生法律效力的一审民事判决、裁定提出的监督申请，无论是否提出过上诉，只要符合民事诉讼法第二百零九条规定，均应依法受理；

对《河北省人民代表大会常务委员会关于促进农作物秸秆综合利用和禁止露天焚烧的决定》中有关“露天焚烧秸秆没有当事人的，由农业经营主体承担责任，可以对农业经营主体主要负责人处罚款”的规定进行审查研究。经沟通，河北省人大常委会表示将对该规定进行修改完善；

对《上海市道路交通管理条例》关于“机动车在本市有道路交通违法行为逾期未接受处理记录累积达到五起以上的，可以先予扣留机动车行驶证”的规定，进行审查研究。经沟通，上海市人大常委会表示将对该规定进行修改完善。

——对2017年法规纠正情况进行跟踪督促

2018年2月，全国人大常委会法工委向有关地方人大常委会发出督办函开展“回头看”，督促有关方面加快工作进度，及时完成。

2017年2月，发出书面研究意见，要求有关地方人大常委会对审计条例中直接规定以审计结果作为政府投资建设项目竣工结算依据和规定建设单位应当在招标文件中载明或者在合同中约定以审计结果作为竣工结算依据的内容予以修改或者废止。有11个省（区、市）、8个设区的市、2个经济特区的法规存在上述问题。经督促，各地均已完成相关法规修改、废止工作。

2017年9月，发出书面研究意见，要求有关地方人大常委会对人口与计划生育条例中关于“超生即辞退”等控制措施和处理规定作出修改。有7个省的地方性法规存在上述问题。经督促，各地均已完成相关法规修改工作。

2017 年 11 月，发出书面研究意见，要求有关地方人大常委会对有关著名商标制度的地方性法规予以清理，适时废止。有 8 个省(区、市)、3 个设区的市制定了关于著名商标的地方性法规。经督促，各地均已完成相关法规废止工作。

2018 年，针对个别地方采取变通规避方式，以地方商标协会名义继续开展地方著名商标评比认定的情况，我们及时督促有关方面予以纠正。

——推动各有关方面加大备案审查工作力度

为了落实备案审查全覆盖的要求，全国人大常委会法工委着力推动各有关方面加强对法规、司法解释以外规范性文件的审查工作力度。对公民、组织直接向全国人大常委会提出对这些文件进行审查的建议，转送有关方面审查研究并推动及时作出处理。

根据公民审查建议，对《江苏省工程建设项目招标范围和规模标准规定》有关问题进行研究，认为属于地方政府规章与国务院部门规章不一致问题，依法应由国务院裁决。我们将该件审查建议转交司法部研究处理，根据反馈情况，该规定与国务院部门规章不一致的问题已经得到解决。

根据公民审查建议，对《浙江省高级人民法院关于部分罪名定罪量刑情节及数额标准的意见》中有关非医学需要鉴定胎儿性别一定条件下构成非法行医罪的规定，以及浙江省人民检察院、浙江省高级人民法院、浙江省公安厅联合发布的《关于非医学需要鉴定胎儿性别行为适用法律的若干意见》进行研究，认为上述意见有关内容是对刑法具体应用问题所作的解释，违背了《全国人大常委会关于加强法律解释工作的决议》及立法法关于审判工作中具体应用法律问题的解释应当由最高人民法院作出、其他审判机关不得作出具体应用法律问题的解释的规定，属于应当清理的带有司法解释性质的文件。督促最高人民法院、最高人民检察院、浙江省人大常委会及时予以纠正。根据反馈情况，相关规定已经停止执行。

建议加强制度建设尽快出台备案审查工作规定

（2018年12月29日）

十三届全国人大常委会第七次会议今天对《全国人民代表大会常务委员会法制工作委员会关于2018年备案审查工作情况的报告》进行分组审议。

审议中，委员们认为，做好备案审查对于贯彻落实宪法，维护宪法和法律的权威，维护法治的统一意义重大。报告紧紧围绕备案审查保证党中央令行禁止、保障宪法法律实施、维护国家法治统一、保护公民法人合法权益的基本功能，牢牢把握备案、审查、纠错这3个工作环节，对过去一年的备案审查工作进行了全面总结，既有数据作为支撑，又有具体案例，反映了备案审查工作的成果。对报告的内容表示赞同的同时，委员们也对进一步做好备案审查工作提出了多项建议。

窦树华委员提出了四个方面的建议：一是加强备案审查制度规范建设的力度。对备案审查程序、步骤、标准等作出具体明确规范，使备案审查有规可循。二是加强协调，形成合力。全国人大常委会法工委、全国人大各专门委员会、地方、国务院、“两高”都要密切配合协调，形成合力。三是进一步加强信息化建设。充分运用好网上信息速度快、效率高的优势，提高备案的效率。四是要突出重点，着力纠正一些典型的违法事例，进一步增强备案审查的实效和威信。

杜黎明委员建议尽快出台备案审查工作规定。“备案审查工作规定，是备案审查制度建设的重要内容，地方人大对这项制度十分期盼，建议尽快出台，并明确‘两院’文件和监察委员会文件是否纳入备案审查范围的问题。”

杜黎明还建议不断拓展备案审查工作范围。“党的十八届四中全会提出要把所有的规范性文件纳入备案审查的范围，在目前的实践中，除了行政法规外，国务院及其办公厅制定的规范性文件数量也不少，这些文件也是进行经济社会管理的重要依据,地方政府及其办公厅通常会据此制定相应的贯彻落实文件。目前这部分文件纳入了同级人大的备案审查范围。但是,国务院及其办公厅的文件尚未纳入全国人大的备案审查范围。建议应该将其纳入全国人大备案审查范围,以有利于审查中上下一致、对应解决问题。"此外,他还建议继续加强对备案审查工作的指导和队伍建设。全国人大应多组织专门的备案审查工作的业务指导和专业培训,通过案例分析、审查技巧的共享、理论研讨等方式,不断提高地方人大备案审查工作人员的业务水平。

张勇委员说,完备的法律规范体系是实现全面依法治国的第一步。建立完备的法律规范体系,是全国人大及其常委会的职责所在;而建立完备的法律规范体系,就需要健全有效的宪法监督制度。在我国,随着改革开放的深入,立法权不断下移。1979 年授予各省市地方立法权,此后不断扩大。2015 年立法权下放到市一级,使地方性法规立法主体由 80 个一下子增加到 354 个,目前,加上有权制定规章的部委和各级政府,我国各级立法主体多达 754 个。随着立法主体的大量增加、各类法律法规急剧增长,要确保这些法律法规规章不违反宪法,就必须建立起有效的宪法监督制度,使不同层级的法律法规形成一张协调严密的法制之网,如此才能构建起完备的法律规范体系。因此,"激活"并加强这项宪制性制度,不仅是必要的,而且是紧迫的。

张勇同时指出,从目前全国的情况看,"有件必备"有较大进展。依托备案审查信息平台建设,现行有效的宪法法律、地方性法规、行政法规和司法解释已全部实现电子报备,我国参加的国际公约、香港澳门特别行政区的法律也很快能够实现电子报备。下一步的工作重点,也是难点,是大量的部门规章和各级地方政府规章实现电子报备。"有备必审"亟待加强。"目前主要是要抓紧制定开展合宪性、合法性审查的规范和标准,以及明确由哪些机构承担审查的职责及其工作流程。从总体上讲,我国的备案审查和宪法监督制度尚处于起步阶段,基础还比较薄弱,任重而道远。"

2019年度备案审查工作报告亮相

监察法规已纳入全国人大常委会备案审查范围

（2019年12月27日）

全国人大常委会法工委主任沈春耀12月25日向十三届全国人大常委会第十五次会议报告2019年备案审查工作情况。“从全国人大常委会备案审查工作情况看，各类法规和司法解释总体上是符合实际需要的，是符合宪法精神的。”沈春耀说。

据沈春耀介绍，过去一年来，按照规定报送全国人大常委会备案的行政法规、地方性法规、司法解释共1485件，其中行政法规53件，省、自治区、直辖市地方性法规516件，设区的市、自治州、不设区的地级市地方性法规718件，自治条例和单行条例99件，经济特区法规58件，司法解释41件；全国人大常委会法工委对公民、组织提出的138件审查建议进行了审查研究，提出了处理意见并向建议人作了反馈。将88件不属于全国人大常委会审查范围的审查建议分别移送有关机关。

报告显示，2019年，我国备案审查工作制度和能力建设取得重大进展。今年12月16日，《法规、司法解释备案审查工作办法》已经全国人大常委会委员长会议审议并原则通过。这意味着全国人大常委会的备案审查工作将更加制度化、规范化，同时也为地方各级人大常委会开展规范性文件备案审查工作提供具体指导和参照依据。

此外，根据十三届全国人大常委会第十四次会议通过的《全国人民代表大会常务委员会关于国家监察委员会制定监察法规的决定》，监察法规已纳入全国人大常委会备案审查工作的范围。

首次披露对行政法规的审查案例

报告显示，2019年，对于审查中发现的问题，全国人大常委会法工委依据不同的情况作出处理，督促制定机关纠正与宪法法律规定有抵触、不符合的规范性文件，根据上位法变化对有关法规及时修改完善，对于一些不适应现实情况的规定推动相关部门作出废止或调整。

值得关注的是，报告中首次披露对行政法规的审查案例。比如，《城市供水条例》规定，城市供水行政主管部门或者其授权的单位可以对未按规定缴纳水费的行为处以罚款。经审查认为，该行政法规制定时间（1994 年）较早，有关规定与目前城市供水管理体制已不相适应，应当作出必要调整。

经沟通，司法部已决定向国务院提出修改《城市供水条例》的建议，有关问题将在下一步工作中予以解决。

保护和鼓励地方立法创新积极性

既要维护国家法制统一，又要鼓励地方立法创新。如何处理好两者之间的关系，是目前地方立法工作面临的新挑战。此前，由于受甘肃祁连山地方立法“放水”事件的影响，实践中一些地方人大不敢放手创新探索。此次报告明确透露出一个信号——允许和鼓励制定机关根据实践需要和法治原则进行立法探索。

报告公布了允许和鼓励地方立法机关根据实践需要和法治原则进行立法探索的案例。

比如，《上海市食品安全条例》对从事家畜产品规模化销售设定了行政许可，对未按规定处理变质或者超过保质期的食品及食品添加剂的行为设定行政处罚，对从事食品和食用农产品贮存、运输服务的经营者未按规定备案的行为设定了行政处罚。全国人大常委会法工委经审查认为，针对从事家畜产品规模化销售设定行政许可，不违背食品安全法的立法精神和原则；针对上述两种行为设定行政处罚，属于地方适应新情况新需要作出的带有创制性的规定，应当允许探索。

再比如，《深圳经济特区食品安全监督条例》规定，有关部门受理关于食品安全问题的投诉举报时，发现投诉人超出合理消费或者以索取赔偿、奖励作为主要收入来源的，可以终止调查并将相关线索纳入食品安全风险监测范围。全国人大常委会法工委经审查认为，该规定属于在不违背上位法基本原则的前提下，根据具体情况和实际需要作出的规定，属于经济特区法规的权限范围，应当允许探索；同时，建议制定机关立足于加强食品安全监管及时总结相关规定实施情况，适时研究完善。

符合党和国家有关精神的允许探索

今年5月和10月，司法部通过备案审查衔接联动机制先后移送地方性法规200件。“我们逐一进行了审查研究，区分不同情况提出研究处理意见。”沈春耀说。

其中，对79件地方根据实际情况作出的具有探索或者先行先试性质的规定，对上位法有关规定进行细化、补充、延伸的规定，符合党和国家有关精神的，允许地方进行探索；对84件生态环保领域法规，建议纳入正在进行的集中清理工作范围统筹研究修改完善；对未及时跟进上位法变化及时调整完善的，建议制定机关尽快启动修改或者废止工作；对于理解上可能存在歧义、执行中可能带来上位法有关规定不落实等问题的，提示制定机关予以关注并加强研究；对其中4件存在与法律有关规定相抵触问题的，已向有关制定机关提出纠正意见。

开展规范性文件集中清理和专项审查

“今年以来，我们根据党和国家工作大局，结合常委会监督工作部署和要求，有重点地开展规范性文件集中清理和专项审查工作。”沈春耀说。

据介绍，贯彻全国人大常委会有关决议精神，全国人大常委会法工委在去年督促地方修改514件、废止83件地方性法规的基础上，今年又督促地方修改300件、废止44件。同时，推动制定机关对集中清理过程中发现的37件部门规章、456件地方政府规章、两件司法解释以及11000余件各类规范性文件及时修改、废止或者重新制定。

“持续一年多的生态环保领域规范性文件集中清理工作任务已基本完成。”沈春耀建议有关方面抓紧推进制度建设相关工作，及早实现生态环保领域法规等规范性文件完善发展的目标任务。

此外，根据党中央有关精神，全国人大常委会法工委还组织开展了食品药品安全领域地方性法规专项清理。督促地方对不符合加强食品药品安全监管要求、与党中央有关精神不符合、与上位法有关规定不符合的地方性法规及时予以修改或者废止，重点解决地方性法规与新修改的有关法律不一致、不配套的问题，以更好发挥法律体系整体功效。目前这项工作正在进行中。

下一步，据沈春耀透露，2020年备案审查工作将重点从五方面考虑：一是切实贯彻“有件必备、有备必审、有错必纠”的工作总要求。二是继续加强审查工作。三是加强备案审查制度和能力建设。四是加强工作成果的转化利用。五是加强对地方人大备案审查工作的联系指导。

解码2020年备案审查工作情况报告

（2021年01月21日）

每年的全国人大常委会法工委备案审查报告都备受瞩目，今年也不例外。

继2017年全国人大常委会首次听取备案审查工作报告，第四份备案审查年度报告正式亮相。1月20日，全国人大常委会法工委主任沈春耀在十三届全国人大常委会第二十五次会议上报告了2020年开展备案审查工作的情况。“一年来，法工委进一步加大对报备法规、司法解释、特别行政区法律的审查工作力度，加强备案审查制度和能力建设，备案审查工作取得新进展。”沈春耀说。

一年来，全国人大常委会办公厅共收到报送备案的行政法规、地方性法规、自治条例和单行条例、经济特区法规、司法解释、特别行政区法律1310件；共收到公民、组织提出的审查建议5146件，其中属于全国人大常委会审查范围的有3378件；

一年来，对存在违背宪法规定、宪法原则或者宪法精神，与党中央重大决策部署不相符或者与国家重大改革方向不一致，违背上位法规定，或者明显不适当等问题的，区分不同情况分别予以纠正、作出处理。

专项审查围绕大局突出重点

2020年备案审查工作的一个显著特点，就是主动审查、专项审查的力度和分量明显加重。一年来，围绕党中央决策部署和全国人大常委会工作重点，重点组织开展了五个方面的专项审查和集中清理，数量之多、力度之大，在以往并不多见。

今年1月1日起，民法典正式施行。为配合民法典的贯彻实施，2020年全国人大常委会法工委开展了民法典涉及法规、规章、司法解释及其他规范性文件专项审查和集中清理工作。清理中发现需要修改或者废止的规范性文件共2850件。有关方面已经修改257件、废止449件。最高人民法院为贯彻实施民法典新制定7件司法解释。

除此之外，在2020年新冠肺炎疫情防控关键时期，地方人大常委会迅速作出了一些关于依法做好疫情防控工作的决定。全国人大常委会法工委对省级人大常委会作出的26件决定开展专项审查，及时为地方在法治轨道上做好疫情防控工作提供有力支持；在全国人大常委会作出《全国人民代表大会常务委员会关于全面禁止非法野生动物交易、革除滥食野生动物陋习、切实保障人民群众生命健康安全的决定》后，立即开展野生动物保护领域法规、规章、司法解释及其他规范性文件专项审查和集中清理工作；根据党中央部署，持续开展食品药品安全领域地方性法规专项审查和集中清理工作；与司法部共同承担加强优化营商环境涉及的法规、规章备案审查工作任务，加大对与营商环境有关的行政法规、地方性法规、司法解释的审查力度，对存在突出问题的12件地方性法规向制定机关提出修改完善意见。

"2020年有关专项审查的内容，是至今4份备案审查年度报告中内容最为丰富的。"浙江大学法学院副教授郑磊说，专项审查作为一种特殊的主动审查，其优势即在于可以围绕党和国家中心工作主动确定主题主动审查。在这样的特殊年份，专项审查更是有着不可替代的用武之地。

合宪性审查内容备受关注

此次备案审查报告介绍了开展纠正处理工作的情况，并披露了多起典型案例。其中，3件涉及合宪性、涉宪性案例尤其值得关注。

2020年全国两会期间，有全国政协委员提出提案，建议对民航发展基金的征收进行合宪性审查。全国人大常委会法工委经审查认为，这不属于宪法第十三条第三款规定的对私有财产的征收或者征用，不存在与宪法相抵触的问题。但鉴于征收的依据是国务院文件和有关部门规章，与2014年修改后的预算法有关规定不符，全国人大常委会法工委已向司法部提出，如果需要继续征收民航发展基金，应当及时完善相关法律或者行政法规依据。

有的地方性法规规定，各级各类民族学校应当使用本民族语言文字或者本民族通用的语言文字进行教学；有的规定，经本地教育行政部门同意，有条件的民族学校部分课程可以用汉语言文字授课。全国人大常委会法工委经审查认为，上述规定与宪法第十九条第五款的规定不一致，已要求制定机关作出修改。

最高人民法院司法解释规定，人身损害赔偿案件中，对城镇居民和农村居民分别以城镇居民人均可支配收入和农村居民人均纯收入为标准计算残疾赔偿金和死亡赔偿金。有公民对此提出合宪性审查建议，认为与宪法有关精神不一致。全国人大常委会法工委经审查认为，随着社会发展进步，国家提出城乡融合发展，城乡发展差距和居民生活水平差距将逐步缩小，城乡居民人身损害赔偿计算标准的差异也应当随之取消。建议最高人民法院在总结试点经验的基础上，适时修改完善人身损害赔偿制度，统一城乡居民人身损害赔偿标准。

加强备案审查工作是完善宪法监督制度的重要着力点，合宪性审查一直以来都是备案审查工作的焦点和难点。

"报告专门将'积极、稳妥处理合宪性、涉宪性问题'单独列出，这在以往是没有的。其中的两起审查建议都是由公民提出的申请。这种直面而非回避社会上关于宪法问题的关切的做法值得肯定。"在中国法学会宪法学研究会秘书长张翔看来，针对现实争议的具体审查方式是对合宪性审查方式的有益探索。而采取比较谨慎稳妥的审查结论和处理方式，不但有助于化解矛盾，也有助于为未来合宪性审查的制度建设进行探索和铺垫。

"总体看，合宪性审查工作已经取得不断进展，尤其是显明性得到很大增强，也总结和积累了不少经验。合宪性审查未来可期。"张翔说。

推进制度能力建设"有件必备"

加强备案审查制度和能力建设，也是去年备案审查工作的一个重点。

全国人大常委会委员长会议通过的《法规、司法解释备案审查工作办法》（以下简称《工作办法》）是全国人大常委会贯彻党中央决策部署在加强备案审查制度建设方面取得的重要成果。

及时印发《工作办法》，要求各地参照适用；组织编写出版《〈法规、司法解释备案审查工作办法〉导读》《规范性文件备案审查案例选编》《规范性文件备案审查理论与实务》，对《工作办法》逐条进行解读和说明；举办人大系统首次备案审查工作经验交流现场会暨备案审查工作培训班；推动各地参照《工作办法》健全备案审查制度和体制机制……一年来，全国人大常委会法工委以贯彻执行《工作办法》为重要契机，积极推进全国人大常委会和地方人大常委会备案审查制度和能力建设，推动备案审查工作开创新局面。

据初步统计，有 16 个省、自治区、直辖市已经或正在根据《工作办法》对备案审查方面地方性法规进行修订；有 20 个省、自治区、直辖市已经根据《工作办法》的规定将属于人大监督对象的“一府一委两院”规范性文件全部纳入人大备案审查范围。

从数量井喷看备案审查工作重要变化

（2021 年 01 月 26 日）

5146 件，这是在 2020 年一年时间里，全国人大常委会收到的公民、组织提出的审查建议的数量。而从 2013 年到 2017 年，5 年间全国人大常委会总共收到公民、组织提出的各类审查建议数量仅 1500 余件。

备案审查作为维护国家法治统一、维护党中央权威、维护中央政令畅通的重要手段，是法治建设中十分重要的环节。通过对违反宪法法律的规范性文件及时纠偏纠正，可以更好地保障人民群众合法权益，推动社会公平正义。

短短几年时间里，公民、组织提出的审查建议屡创新高，这不仅是公民、组织提出审查建议的渠道通畅的结果，也是备案审查制度的社会影响力不断扩大的标志，更是人民代表大会制度集民意、聚民心、汇民智、解民忧的生动体现。

公民提出审查建议占比为 99.96%

2020 年，全国人大常委会收到公民、组织提出的审查建议属于其审查范围的共 3378 件，数量创下了历史新高。“对这些审查建议，法工委高度重视，逐一进行认真研究处理。”全国人大常委会法工委法规备案审查室主任梁鹰说。

目前公民、组织向全国人大常委会提出审查建议有两种途径：一种是通过书面写信提出；一种是通过全国人大审查建议在线提交平台提出。该平台是 2019 年 12 月全国人大常委会为拓宽审查建议提交渠道、方便公民利用便捷高效方式提出审查建议而专门开设的。

据统计,2020 年,通过书面形式提出的审查建议有 1917 件,占比为 37.25%;通过审查建议在线提交平台提出的有 3229 件,占比为 62.75%。值得关注的是,5146 件审查建议中,公民提出的有 5144 件,占比为 99.96%。

“数量的增长体现了重要的发展变化。这不但是我国人民民主的生动体现,也是全国人大常委会作为法律的制定机关和宪法法律实施的监督机关,在开门立法、开门监督,推动人民群众依法表达利益诉求等方面发挥积极作用的表现。”梁鹰告诉记者,从内容上看,公民提出审查建议多数都是因为认为自身权利受到侵害或者遭遇相关问题,比如涉及劳动权利、社会保障、农村集体经济组织成员权益、拆迁补偿、诉讼权利、妇女权利等等,也有小部分是专家、学者、律师或者一些公益人士、人大代表、政协委员从推进法治建设的角度提出的。

合宪性审查实现重大突破成为亮点

除了数量上发生了巨大变化,去年公民、组织提出的审查建议还出现了一个更为值得关注的重大变化,那就是出现了多个真正跟宪法相关的审查建议,大概有上百件,这是过去很多年没有过的。记者采访中了解到,这上百件合宪性审查建议大多是对宪法、法律很有研究的一些学者、律师或者人大代表、政协委员提出的。

而 2020 年的备案审查年度工作报告也首次专门将“积极、稳妥处理合宪性、涉宪性问题”单独列出,并披露了三件分别涉及民航发展基金征收、少数民族使用民族语言文字教学以及“同命不同价”的典型案例,这在以往也是没有过的。“此次发布的三个案例,每一个案例背后都涉及深层次的制度或政策问题,与宪法的重大原则、精神或者重要制度密切相关,需要引起有关方面高度重视。”梁鹰说。

“我们对于收到的每一个合宪性审查建议都认真对待。”据梁鹰介绍,在进行审查研究时,一般都会考虑转换,即凡是可以转换为合法性审查的,都按照合法性问题予以研究处理,这也是体现合宪性审查的谦抑性。比如,报告中所提及的关于机场建设费征收问题的合宪性审查,就是在深入研究宪法有关规定后,先作出一个合宪性的判断,然后转化为根据预算法相关规定进行的合法性审查,并提出了研究处理意见。而在宪法的相关规定、原则、精神没有具体化为法律、法规的极少数情况下，则一般会直接依据宪法进行合宪性审查并作出判断，比如报告中提到的人身损害赔偿“同命不同价”的问题。

探索在合宪性审查实践中适时解释宪法

宪法监督制度是一个国家“法治大厦的拱顶石”。据悉，下一步，全国人大常委会法工委将认真贯彻党中央关于推进合宪性审查的指导意见，积极稳妥推进合宪性审查工作。在备案审查工作中加强对法规、司法解释合宪性、涉宪性问题的审查研究，探索在合宪性审查中适时解释宪法，对违反宪法规定、宪法原则、宪法精神的法规、司法解释及其他规范性文件坚决予以纠正，维护宪法权威，保障宪法实施。

“落实宪法解释程序机制，既需要从理论上探讨，更需要在实践中探索。”梁鹰说，“深入开展合宪性审查必然离不开合宪性判断，这就意味着在审查中需要对宪法相关条文的涵义作出阐释，以便准确理解把握。实际上，每一次合宪性审查的过程就是一个研究、理解、阐释宪法的过程。必要时，可依程序提请全国人大常委会作出正式的宪法解释，以决定的形式出台正式的立法性质的法律文件。”

进一步提高针对性权威性加大宣传力度

22 日，十三届全国人大常委会第二十五次会议对 2020 年备案审查工作情况报告进行了分组审议。委员们就加强对公民提出的审查建议的研究也提出了意见建议。

“对公民提出的审查建议进行研究时，一方面要考虑与宪法、法律是否一致的问题，同时也要结合党中央的重大决策部署以及在相关领域的政策要求提出审查意见。这样，备案审查工作将更具针对性、权威性，可以更好发挥备案审查工作的作用。”许安标委员说。

在朱明春委员看来，备案审查可以实现公民和各类社会组织有序参与法治建设，非常有意义，在法治中国建设中有着不可替代的重要作用。“一些社会反映很敏感的问题，通过备案审查，能够解决或推动解决，有助于形成全社会有问题找法律、有争议找法律的法治文化和法治意识的形成。因此，要进一步加大备案审查工作力度，同时进一步加大相应的宣传工作力度，形成更好的舆论氛围，助推法治中国建设。”朱明春说。

梁鹰表示，法规备案审查室将深入研究委员提出的意见建议，进一步加强对公民、组织审查建议的研究处理工作，在普通公民和最高国家权力机关之间架设起便捷的桥梁和纽带，使之成为公民表达诉求和对国家法治建设建言献策的“民意直通车”，成为在人民代表大会制度框架内实现党的领导、人民当家作主、依法治国三者有机统一的重要方式，在完善中国特色社会主义法治体系、建设社会主义法治国家过程中发挥更加重要的作用。

一年来共收到公民组织提出审查建议6339件

落实有件必备　推进有备必审　坚持有错必纠

（2021年12月22日）

《全国人民代表大会常务委员会法制工作委员会关于2021年备案审查工作情况的报告》今天提请十三届全国人大常委会第三十二次会议审议。

“2021年，法工委扎实开展备案审查工作，‘有件必备、有备必审、有错必纠’和备案审查制度建设取得新进展。”全国人大常委会法工委主任沈春耀作报告时说。

一年来，全国人大常委会办公厅共收到报送备案的行政法规、监察法规、地方性法规、自治条例和单行条例、经济特区法规、司法解释、特别行政区法律1921件；共收到公民、组织提出的审查建议6339件。经研究，属于全国人大常委会审查范围的有5741件。

首次收到国务院有关部门提出合宪性审查建议

一年来，全国人大常委会法工委着力增强备案审查制度刚性，就法规、司法解释等规范性文件中的合宪性、合法性、适当性等问题开展审查研究，对存在不符合宪法法律规定、明显不适当等问题的，督促制定机关予以改正。

引人关注的是，今年，国务院有关主管部门对有的民族自治地方民族教育条例等法规提出审查建议，认为条例中的有关规定存在合宪性问题，不利于促进民族交往交流交融。这是全国人大常委会法工委首次收到由国务院有关部门提出的合宪性审查建议。

经审查，全国人大常委会法工委认为，宪法和有关法律已对推广普及国家通用语言文字作出明确规定，包括民族地区在内的全国各地区应当全面推行国家通用语言文字教育教学，有关法规中的相关内容应予纠正。经沟通，制定机关已废止有关法规。

首次建议对党内法规、规范性文件专项集中清理

一年来，全国人大常委会法工委有重点地组织开展了三个专项审查，对相关的法规、规章、规范性文件进行了集中清理。

今年 8 月 20 日，十三届全国人大常委会第三十次会议通过关于修改人口与计划生育法的决定。为贯彻落实党中央的决策部署，全国人大常委会法工委组织开展了涉及计生内容的专项清理工作，推动有关方面取消社会抚养费征收规定，废止计划生育相关处罚、处分规定，以及将个人生育情况与入学、入户、入职等相挂钩的有关规定。清理发现，需要修改或者废止的规范性文件共 3632 件。目前有关方面已修改 42 件，废止 428 件。

值得一提的是，此次专项清理中，全国人大常委会法工委建议有关方面适时组织开展涉及计划生育内容的党内法规、规范性文件集中清理。这在备案审查工作中尚属首次。

报告显示，涉及长江流域保护的专项清理共发现需要修改或者废止的规范性文件 322 件，目前有关方面已修改 18 件、废止 41 件；涉及行政处罚内容的专项清理工作共发现需要修改或者废止的规范性文件 4012 件，目前有关方面已修改 31 件、废止 286 件。

此外，一年来，接收其他备案审查工作机构移送的审查工作建议 141 件，包括司法部移送的地方性法规 136 件。

披露多起公民提起审查建议典型案例

“近年来的实践充分表明，认真接收、研究、处理公民、组织提出的审查建议并及时反馈，已经成为备案审查工作践行全过程人民民主的重要体现。”沈春耀说。

一年来，全国人大常委会法工委对公民、组织提出的审查建议逐一进行研究，同有关方面沟通，提出处理意见，并依照规定向审查建议人反馈。

报告披露了多起由公民提起审查建议的典型案例。

有的地方性法规规定，有关行政部门为调查计划生育违法事实，可以要求当事人进行亲子鉴定；对拒不配合的，处罚款。全国人大常委会法工委审

查认为，亲子关系涉及公民人格尊严、身份、隐私及家庭关系和谐稳定，属于公民基本权益，受宪法法律保护，地方性法规不宜规定强制性亲子鉴定的内容，也不应对此设定相应的行政处罚、处分、处理措施。

有的地方性法规规定，小区业主参选业主委员会成员的前提条件之一是“按时交纳物业费等相关费用”。全国人大常委会法工委审查认为，地方性法规这一规定与民法典的有关规定相抵触。经沟通，制定机关已对相关规定作出修改。

有的地方性法规规定，停车人应当按照规定缴纳道路停车费用，逾期未缴纳的，进行催缴同时并处二百元以上一千元以下罚款。全国人大常委会法工委审查认为，该规定程序设置失当，罚款额度与过罚相当原则不符，建议制定机关遵循法治原则，调整完善罚款的额度和程序。

有的地方性法规规定，开锁、金银首饰加工、废旧金属收购等特种行业从业人员利用该行业便利进行违法活动受过行政或刑事处罚的，终身不得从事该行业。全国人大常委会法工委认为，地方性法规对某些特种行业设定较为严格的从业资格条件对维护公共安全有积极作用，但在法律、行政法规没有规定从业限制的领域不宜规定“终身禁止”。

上述案件中，经沟通，制定机关对相关规定均已修改完善调整。

全面提高新时代备案审查工作质量

（2021年12月28日）

备案审查是中国特色的宪法监督制度。对行政法规、地方性法规、司法解释等规范性文件开展备案审查，是宪法和法律赋予全国人大常委会的一项重要职责，也是全国人大常委会重要的立法监督制度。

12月24日，十三届全国人大常委会第三十二次会议对《全国人民代表大会常务委员会法制工作委员会关于2021年备案审查工作情况的报告》进行分组审议。

全国人大常委会委员们认为，2021年备案审查工作紧跟党中央决策部署和社会建设发展需要，报告全面反映了今年的备案审查工作情况，并对2022年工作作出了部署安排，政治站位高、内容充实。同时，委员们也提出了多方面的意见建议。

生动践行全过程人民民主理念

分组审议中，委员们对于全国人大常委会法工委2021年备案审查工作予以充分肯定。

报告指出，一年来，全国人大常委会法工委共收到公民、组织提出的审查建议6339件。经研究，属于全国人大常委会审查范围的有5741件。

“备案审查中发现的许多问题都与人民群众切身利益和日常生活息息相关，很多也都是人民群众在现实生活中主动发现后，通过各种方式提请全国人大常委会审查的。”张勇委员指出，2019年以前，每年收到公民提出的审查建议大约在一二百件。2019年12月4日，中国人大网开通“审查建议在线提交”平台，人民群众可以通过网络“一键提交”。平台开通后，公民提出的审查建议大幅增加，第二年就在线收到审查建议2953件，今年更是达到了

5065件。

“通过人民群众的积极主动参与，督促纠正群众反映的、影响老百姓切身利益的法规规章等规范性文件，生动践行了全过程人民民主的理念。”张勇说。

打通合宪性审查备案审查制度

报告指出，一年来，全国人大常委会法工委着力增强备案审查制度刚性，就法规、司法解释等规范性文件中的合宪性、合法性、适当性等问题开展审查研究，对存在不符合宪法法律规定、明显不适当等问题的，督促制定机关予以改正。

“报告中的例子、纠正的问题，很多都涉及宪法权威、宪法价值、宪法权利。通过备案审查制度，加强合宪性审查、合法性审查，并且有切实的纠正手段，这是非常重要的。”信春鹰委员说。

引人关注的是，报告指出，今年国务院有关主管部门对有的民族自治地方民族教育条例等法规提出审查建议。这是全国人大常委会法工委首次收到由国务院有关部门提出的合宪性审查建议。

“维护宪法权威和国家法治统一在制度上是全覆盖的，但实施上还有问题。”信春鹰以最近河北霸州行政部门一手发文件、一手收费罚款，短时间就收了企业和公民巨额罚款为例指出，党的十八届四中全会决定中明确要求，没有立法权的地方不得制定涉及公民权利义务性质的文件，这是一条红线，任何地方都不可以越过这条红线。有些地方，既不讲政治原则，也不讲法律原则，审查机构需要反思问题出在哪里。

信春鹰同时建议，在工作中打通合宪性审查和备案审查两个制度。“实际上，备案审查中的问题，有的就是合宪性审查的问题。应该把两者的优势结合起来，让合宪性审查更实，让备案审查权威性更高。”信春鹰说。

加强党内法规和法律规范衔接

报告显示，备案审查工作不断向纵深发展。一年来，全国人大常委会法工委有重点地组织开展了三个专项审查，对相关的法规、规章、规范性文件进行了集中清理。其中一项就是为贯彻落实党中央的决策部署组织开展的涉及计生内容的专项清理工作。尤为值得关注的是,此次专项清理工作中,全国人大常委会法工委建议有关方面适时组织开展涉及计划生育内容的党内法规、规范性文件集中清理。这在备案审查工作中尚属首次。

“党内法规和法律的备案审查两者之间如何衔接好,是法治新课题。党内法规和法律规范两者之间衔接机制要建立起来,这是备案审查遇到的新问题。”徐显明委员说。

此外,在徐显明看来,到目前为止国家机关还没有对外发布过任何权威性的国家宪法案例,这是中国宪法实施应补的一环。

“备案审查是合宪性制度的预防制度,目的是为了维护国家法治的统一,最终要维护宪法的尊严和权威。”徐显明指出,尽管报告中实际已经出现了宪法案例的痕迹,但是还缺乏要素构成。而典型的案例应具备五个要素,即违法的机关是谁、有权纠正的机关是谁、纠正的程序是什么、违反了哪个法、进行法理说明。“这五个要素都具备了就构成一个典型案例。”

在徐显明看来,公布案例的作用是多方面的,不但是法律的补充,也是向全社会提出的警示和教育,可以提高全社会的宪法意识,还可以成为大学里宪法学教科书的主要内容,有利于学理研究。

完善制度强化审查意见说服力

今年的报告公布了多起备案审查典型案例,列举了很多与上位法不一致、相抵触的具体情形。这些案例大多与人民群众生产生活密切相关。

“对这些地方性法规及时进行纠正,树立了备案审查工作的权威,维护了国家法治统一,有利于更好地保障公民基本权益。”陈斯喜委员指出,现在审查意见还是要靠推动有关部门去自我纠正,没上升到国家权力机关层面来纠正,提高审查意见的说服力很重要。希望今后继续完善备案审查制度机制,不断强化审查意见的说服力。“总之,要进一步增强备案审查工作的权威性,为推进法治建设发挥更大的作用。”

“备案审查工作能充分体现全国人大常委会在立法方面的权威,报告中的每一个案例都具有很强的指导性、针对性、宣传力,是生动的释法素材。”乃依木·亚森委员说,公布典型案例加大宣传力度,既有防错于未然的作用,又能充分调动人民群众积极参与到法治建设当中。

乃依木·亚森建议,今后通过各种渠道多公布备案审查典型案例,边审查边宣传,能公开的都公开,吸引更多人民群众、社会团体关注人大工作、参与人大工作。

郑功成委员建议,落实"有错必纠",审查出的有问题的规范性文件被纠正之后要及时公布,特别是地方性法规不当被纠正的,应在当地及时公布,让外界及时了解,发挥备案审查应有的效力。

第四部分　审查案例

地方性法规为“超生即辞退”支撑时代行将终结

（2017 年 10 月 24 日）

地方人口与计生条例的有关规定，因现实情况与立法之初相比发生了重大变化，原则上应适时作出调整，暂时难以调整的，在执行上也应有所变化，至少应减缓执行力度。

“带领人民创造美好生活，是我们党始终不渝的奋斗目标”“提高保障和改善民生水平，加强和创新社会治理”……面对人民日益增长的美好生活需要，党的十九大报告提出了一系列具体目标和举措。其中，报告明确提出，“实施健康中国战略”“促进生育政策和相关经济社会政策配套衔接，加强人口发展战略研究”。

人口发展问题是关系到我国社会发展的重大战略问题，有关人口政策也一直是社会关注的热点。目前，我国人口形势发生了转折性变化，总和生育率大大低于生育更替水平，为长期经济社会发展带来严峻挑战。2015 年，《中共中央　国务院印发关于实施全面两孩政策改革完善计划生育服务管理的决定》，全面实施一对夫妇可生育两个孩子政策。由此，计划生育政策作出了转折性调整。

伴随这一转折性变化和调整，我国备案审查工作又出一记重拳——地方人口与计划生育条例将迎来重大变革，在一些地方实施了几十年的职工“超生即辞退”制度将退出历史舞台。

近日，全国人大常委会法工委分别向广东、云南、江西、海南、福建 5 个地方人大发函，建议这五地根据本省实际情况对地方人口与计划生育条例中有关企业对其超生职工给予开除或者解除劳动（聘用）合同的规定适时作出修改。理由是，这些相关条例已与变化了的情况不再适应，需要进行调整。

全国人大常委会法工委有关部门负责人认为，地方人口与计生条例的有关规定，因现实情况与立法之初相比发生了重大变化，原则上应适时作出调整，暂时难以调整的，在执行上也应有所变化，至少应减缓执行力度，以适应时代和政策变化，适应改革发展要求，这也是立法体现适当性的必然要求。

劳动法专家认为职工超生就辞退违反劳动法

这一重大制度变革还要追溯到几个月前。今年5月，4位劳动法专家向全国人大常委会法工委法规备案审查室寄送了一份审查建议，认为广东、云南、江西、海南、福建、辽宁、贵州等七个省的地方立法中有关“超生即辞退”的相关规定违反法律规定。为纠正和防止地方立法随意突破法律规定，建议对地方立法中增设用人单位单方解除劳动合同法定情形的规定予以审查。

“‘超生即辞退’多年以来一直是个问题，一些地方总以‘超生’为由来辞退处分职工。”上海财经大学法学院教授王全兴是此次提出审查建议的起草人之一，除了他之外，此次上书全国人大常委会的另三位建议人分别是人力资源和社会保障部劳动科学研究所研究员王文珍、北京大学法学院教授叶静漪、浙江财经大学法学院教授钱叶芳。

王全兴告诉《法制日报》记者，自己很早就关注到这一问题，学界对此也存在较多争论。“超生违反的是公民对国家的义务，应缴纳社会抚养费，但并不违反作为劳动者对用人单位的劳动义务。而劳动纪律作为劳动过程中的行为规则，是给予纪律处分的基础，劳动权则是公民基本权利，不能因违反计划生育规定而受到限制。”

记者在采访中了解到，一直以来，实践中经常出现企业因职工超生而将其开除的情况，“用人单位能不能开除或辞退超生职工”一直是社会非常关心而在司法实践中又异常混乱的问题。在近年的司法实践中，同样的案情，不同地方法院认定和判决结果大不相同，甚至截然相反。而当地的人口与计生条例对此是否予以支持是重要判断依据。一些地方的法院基本都选择了支持用人单位，按当地人口与计生条例驳回了被开除超生者经济补偿的要求。

从2016年元旦正式实施“全面二孩”以来，该项政策的实施时间已超过一年半。但二孩政策的红利却一直没有释放出来，生育率没有出现想象中的大幅提高，在王全兴看来，地方立法中仍保有“超生即辞退”的规定是重要原因之一。“对违规超生者解除劳动合同，违背了女职工特殊劳动保护的精神，与国际劳动标准的男女平等精神不符，也与新形势下国家计生政策转型的取向不符。”王全兴说。

值得一提的是，虽然很早就关注到这一问题，但一直以来王全兴却并没有找到合适有效的途径把意见反映给相关部门。在一次论坛上，他与另三位专家又探讨到这一问题，几人决定尝试着走备案审查的途径。随后，几位专家就这一问题搜集了各省人口与计生条例，综合各方意见，在修改几稿的基础上，历时两个月形成审查建议稿。

专家建议，对广东、云南、江西、海南、辽宁、贵州、福建等七个省的地方人口与计划生育条例中增设用人单位解除劳动合同法定情形的规定予以审查。具体主要提出四方面的审查建议：一是劳动合同法第三十九条关于用人单位可以单方解除劳动合同的情形的规定，属于封闭列举式规定和纪律处分基准性规定，地方人口与计划生育条例不得增设规定，不得与其相抵触。二是计划生育关系是公民与国家之间的法律关系，属行政法范畴，旨在“实现人口与经济、社会、资源、环境的协调发展”；劳动关系是劳动者与用人单位之间的法律关系，属社会法范畴，旨在保护劳动者合法权益；公民违反计划生育规定，是违反其对国家的公民义务，而不是违反其对用人单位的劳动义务。以干预劳动关系的方式落实计划生育政策，混淆两种性质不同的法律关系，是法律手段运用的错位。三是地方人口与计划生育条例规定违背了劳动法、劳动合同法以及国务院《女职工劳动保护特别规定》确定的女职工特殊劳动保护精神，女职工违规生育的，有权受到包括不得歧视性解雇在内的特殊劳动保护。四是地方人口与计划生育条例规定与新形势下国家计生政策转型的取向不符。

今年5月，4位专家将审查建议稿递交给了全国人大常委会法工委。让几位专家没有想到的是，4个月后，此事就有了结果。“这释放出十分积极的信号。如果没有备案审查制度，那这件事情就不好处理。现在通过这个途径，事情得到了圆满解决。不但对维护职工合法权益意义重大，也对维护国家法制统一意义重大，对国家政策顺利落实也有很积极的促进作用。”对于这个结果，王全兴倍感满意和欣慰。

地方性法规是否该修改 各方看法并不一致

收到审查建议后,按照有关规定,全国人大常委会法工委分别函告了上述地方性法规的制定机关,要求其作出说明。从反馈的意见看,各方对此存在不同的看法。除辽宁、贵州两个地方人大常委会表示将适时启动对条例的修改程序之外,其余五个地方人大常委会表示了异议。

有的省提出,本省人口与计划生育条例第四十条规定,开除或解聘的是“国家机关和事业单位、国有企业、国有控股企业,乡镇集体企业”职工,不包括私营企业、个体工商户等普通劳动者,这是对体制内超生人员的从严管理,与劳动合同法的基本精神和原则并不抵触。条例规定出台多年,超生“双开”处理形成了一定社会共识,建议对此问题的研究处理,本着尊重历史、有利稳定的原则作慎重考虑。有的省认为,虽然以“全面两孩”政策替代了“独生子女”政策,但仍明确计划生育基本国策必须长期坚持、不能动摇。有的省反映,当前本省人口出生率仍高于全国平均水平,人口控制形势依然严峻,该规定对本省人口与计划生育工作仍然具有一定的现实意义,专家审查建议提出的问题实质是人口与计划生育法和劳动合同法之间的协调问题,建议全国人大常委会法工委对此作进一步研究。

此外,对于地方人口与计划生育条例中有关企业对其超生职工给予开除或者解除劳动(聘用)合同的规定是否违法,相关部门和单位也一直存在争议。

有部门认为,劳动合同法第三十九条明确了用人单位单方解除劳动合同的情形,且未赋予地方立法机关增设用人单位单方解除劳动合同情形的权力。因此,广东、云南、海南等地人口与计划生育条例的有关规定,与劳动合同法的规定不一致,应当进行修改。还有部门认为,实践中违反计划生育政策受到开除或者解聘的职工主要是国家工作人员、事业单位或者国企职工,非公有制单位职工并不会受到类似处罚,这种规定是长期以来要求国有性质单位严格执行计划生育政策的表率性行为,鉴于此,这些地方规定是否取消取决于国家今后是否继续严格执行计划生育政策的态度和决心以及是否保持政策的连续性、一致性。

与此同时,也有不同意见认为,地方性法规的规定没有与劳动合同法相抵触,不存在问题。理由是:首先,这些地方立法都符合立法法第七十二条、第七十三条有关地方立法权限的规定,不能以劳动法、劳动合同法第三十九条作为评判地方条例相关条款合法性的法律依据,应当适用特别法优于一般法、后法优于前法的效力原则。其次,人口与计划生育法第四十二条中的“纪律处分”是一个宽泛概念,包括解除劳动合同,包括广东在内的地方性法规规定并未超出人口与计划生育法第四十二条规定的幅度和范围,也并未缩减用人单位的用人自主权。而且根据人口与计划生育法第七条和第十二条的规定,用人单位应当协助开展人口与计划生育工作。

全国人大常委会法工委最终一锤定音

一方面要维护计划生育基本国策的严肃性和权威性,另一方面,也要充分保障劳动者及其家庭的就业权和劳动权。该如何平衡两者之间的关系呢?“超生即辞退”的地方性法规究竟该不该废止呢?

收到审查建议后,全国人大常委会法工委对地方人口与计划生育法规进行了全面梳理,并依照立法法第九十九条的规定对审查建议提出的问题进行了研究,同时书面征求了国家卫生和计划生育委员会、人力资源和社会保障部、国务院法制办、中华全国总工会、中华全国妇女联合会和全国人大有关专门委员会的意见,最终给出了答案。

计划生育是一项基本国策,我国全面推行计划生育40多年,人口过快增长得到有效控制,对资源环境的压力有效缓解,有力促进了经济发展、社会进步和民生改善,为实现现代化建设提供了重要保障和基础性支撑。进入21世纪后,我国人口形势出现重要转折性变化,党中央根据我国人口发展趋势从国家战略层面对调整计划生育政策作出重大决策部署。党的十八届五中全会提出,“促进人口均衡发展,坚持计划生育的基本国策,完善人口发展战略,全面实施一对夫妇可生育两个孩子政策”。2015年12月,十二届全国人大常委会第十八次会议对人口与计划生育法作出修改,为计划生育政策调整提供法律支撑。2016年1月发布的《中共中央国务院关于实施全面两孩政策改革完善计划生育服务管理的决定》指出,当前我国人口发展呈现出重大转折性变化,实施全面两孩政策、改革完善计划生育服务管理是新形势下坚持计划生育基本国策的重大战略部署。2016年12月国务院发布的《国家人口发展规划(2016-2030)》明确提出,面对人口发展重大趋势性变化,必须把人口均衡发展作为重大国家战略,努力实现人口自身均衡发展。

全国人大常委会法工委研究认为,我国自上世纪七十年代起,开始实行计划生育政策,政策实行初期地方立法走在了前面,在当时人口控制形势非常严峻的情况下,有的地方规定了较为严厉的管控措施,在相当一段时间内,地方立法对落实计划生育政策发挥了独特作用、作出了积极贡献,这是应当充分肯定的。近年来,我国人口发展呈现出重大转折性变化。为了适应人口和经济社会发展新形势,促进人口长期均衡发展,地方立法应当积极主动适应党中央关于计划生育改革发展的政策精神,用法治思维探索新形势下落实计划生育基本国策的体制机制和方式方法,按照改革完善计划生育服务管理的要求,对地方人口与计划生育法规中与改革方向和政策精神不相符的有关规定及时进行调整。

记者从今年9月初在广西南宁召开的第二十三次全国地方立法研讨会上获悉,无论是行政法规、地方性法规、司法解释还是其他规范性文件,如果与中央精神不相符、与改革方向不一致以及明显滞后于发展变化了的现实情况,都有可能被纳入全国人大常委会的审查范围;如果存在与宪法法律相抵触或者不适当等问题,将会面临被纠正。全国人大常委会法工委建议上述五个地方适时调整计生条例有关制度,无疑是贯彻南宁会议精神的重要体现。

地方著名商标认定缺乏法律依据
多地将进行清理

（2017年11月14日）

我国商标法只有驰名商标这一概念，并没有关于著名商标的规定，著名商标并不是一个法律概念。换言之，著名商标只是地方政府、有关部门通过一定程序赋予一个商标的荣誉称号。

现实生活中，很多人在选择和购买商品时，都习惯不看质量先看“牌子”。比如，很多消费者去外地游玩时，都会选择当地一些挂着“老字号”牌匾的饭馆就餐。今后，这些由地方评选认定的所谓“十大品牌”“老字号”等牌匾将消失不见。

记者近日从权威部门获悉，在全国各地已实行了十几年的地方著名商标制度将面临终结，有关地方性法规将被清理，地方上“十大品牌”“老字号”等评比也将被叫停。

有数据显示，目前，由地方政府认定的著名商标大约有1万件以上，全国46个省、自治区、直辖市和计划单列市中，除个别地方外，都分别以各种形式规定了著名商标制度，而且几乎都是以行政认定的方式。

一方面，被评为著名商标后，企业可以在招投标等方面得到保护和奖励。比如，很多地方政府采购将是否为著名商标作为重要指标，著名商标可以加分，还有些地方直接规定，只有著名商标才可以参与招投标；在进驻超市大卖场等方面，也可以得到直接的现金奖励。另一方面，地方认定评选出的著名商标也有明显泛滥的趋势，出现缺乏公信力、与消费者的感受和正常情理不符等现象。

党的十九大报告指出，要让市场在资源配置中起决定性作用，更好发挥政府作用。有专家认为，地方著名商标制度是在一定时期和一定条件下地方为促进本地经济发展形成的，具有一定的阶段性。目前，我国正在全面推进依法治国和完善市场经济,需要重新审视这一制度。

11 月 1 日,全国人大常委会法制工作委员会将《对有关著名商标制度地方性法规的研究意见》印送河北省、吉林省、浙江省、安徽省、湖北省、重庆市、四川省、甘肃省和长春市、吉林市、成都市人大常委会,请相关地方人大常委会对有关著名商标制度的地方性法规进行清理。同日,还致函国务院法制办公室,建议对有关著名商标制度的地方政府规章和政府规范性文件开展清理工作。

108 名知识产权硕士联名上书

今年 3 月 14 日,国际消费者权益日前一天,有媒体曝光了陕西西安地铁 3 号线使用的西安奥凯电缆有限公司的电缆是问题产品,同时还揭露了该电缆使用的"五胜及图"商标系通过违法手段获得了陕西省著名商标认定。

事件发生后,针对驰名商标被有的地方政府当成一种荣誉,著名商标、知名商标由地方政府评选认定的做法,国家工商总局要求,规范驰名商标,暂停著名和知名商标认定。国家工商总局党组书记、局长张茅在媒体公开发表署名文章——《提高认识澄清误区,积极实施商标品牌战略》,其中明确指出:"由政府组织评选认定,是用政府公信力、政府信誉为个别企业担保背书。""严重违背了市场公平竞争的基本原则。""政府替代市场的评定误导消费者的选择。"

"使市场和消费者成为品牌价值的最终裁判者。"张茅表示,政府评选认定著名商标、知名商标的方式,面临着"越位"的巨大风险。要认真吸取西安"电缆事件"教训,规范驰名商标认定、暂停著名商标认定,发挥企业作为商标品牌建设的主体作用,使市场和消费者成为品牌价值的最终裁判者,改革由政府进行行政认定的传统方式。

4 月 26 日,第 17 个世界知识产权日当天,在上海大学知识产权学院的组织下,来自 17 所高校的 108 名研究生联署致信全国人大常委会法工委与国务院法制办,建议对《重庆市著名商标认定和保护条例》等有关著名商标的地方立法进行审查,并提请对全国范围内带有普遍性且问题丛生的著名商标制度的进退与存废给予积极指导。主要理由是,部分地方性法规和地方政府规章规定了著名商标的认定和保护制度,这些地方立法大多规定地方“著名商标”采取“批量申报、批量审批、批量公布”的认定模式和“一案认定,全面保护;一次认定,多年有效”的保护模式,这是对 2001 年商标法第二次修改后已经改变的原驰名商标制度的变相恢复。

地方著名商标制度核心:提供特殊保护

经梳理,我国现行有效的关于著名商标或者知名商标的地方性法规共有 11 部。其中,省级人大常委会制定的地方性法规 8 部;设区的市人大常委会制定的地方性法规 3 部。另据国家工商总局提供的情况,除地方性法规外,各地还制定了有关著名商标制度的省级地方政府规章 18 件,设区的市级地方政府规章 7 件,地方政府规范性文件 3 件,还有 6 个地方政府的工商行政管理部门制定了关于著名商标的规范性文件。

从核心内容看,这些地方规定中一般包括认定著名商标的程序(通常依申请认定,以工商部门为主导,程序设置较为原则粗泛)、认定著名商标的实质条件(主要包括商标使用期限、产品质量合格、经济指标领先、内部商标管理制度健全等)以及对著名商标的延续认定和撤销等方面。

对著名商标实施特殊保护措施是地方著名商标制度的重要内容。包括:规定标注著名商标的权利;禁止他人以著名商标相同或者近似的文字、图形在同一种或者类似商品上作为企业字号、商品名称、装潢使用;提供跨区域协同保护,比如,广东省规定,著名商标所有人的合法权益在广东省行政区域以外遭受严重侵害的,可以向省工商行政管理部门请求帮助,省工商行政管理部门应当予以协助;提供跨类保护,比如,北京市规定,经市工商局批准受到全行业保护的著名商标,未经商标注册人授权,他人将与该著名商标相同的文字作为企业字号使用,且可能造成公众误认的,工商行政管理部门不予核准登记。此外,还有一些其他的特殊待遇。比如,浙江省规定,著名商标所有人可以依法向省工商行政管理部门申请在企业名称中使用“浙江”字词。

专家:著名商标并非法律概念

值得一提的是,著名商标地方性法规以及相关条例规章中均有“根据

《中华人民共和国商标法》制定”等字样。记者在采访中了解到，我国商标法只有驰名商标这一概念，并没有关于著名商标的规定，著名商标并不是一个法律概念。换言之，著名商标只是地方政府、有关部门通过一定程序赋予一个商标的荣誉称号。

1996 年 8 月，原国家工商行政管理局出台《驰名商标认定与管理暂行规定》，规定驰名商标“一次认定，三年有效”和“一案认定，全面保护”。2001 年 12 月我国第二次修正的商标法及 2003 年 4 月发布的《驰名商标认定与保护规定》废止了上述规定，明确了“驰名商标认定”只是在解决商标纠纷等案件中，应当事人的驰名商标权益主张而进行的对案件此节案情的事实认定。2014 年 5 月，我国第三次修正的商标法进一步明确，“驰名商标应当根据当事人的请求，作为处理涉及商标案件需要认定的事实进行认定”。

据中南财经政法大学教授曹新明介绍，商标法第三次修订征求意见稿中曾规定了著名商标，但后来删去了。“当时商标法修改时认为不应该授权地方进行著名商标认定，理由主要有二：一是驰名商标制度在国际公约中非常明确。驰名商标、著名商标和知名商标三者如果并存会非常乱。而且著名商标、知名商标与国际公约不相符合，没有必要建立单独的著名商标制度；二是从比较法角度，也无建立著名商标制度之必要。”

法工委：应当予以清理适时废止

收到 108 名知识产权专业硕士研究生联名提出的审查建议后，全国人大常委会法工委依照立法法和法规备案审查工作程序的规定，启动对有关地方性法规的研究工作。

全国人大常委会法工委研究认为，地方规定的著名商标制度，其实质是将著名商标作为一种荣誉称号，由政府有关部门结合企业和商品的知名度、产品质量和销售情况、企业经营情况、纳税情况、遵纪守法情况等多方面因素进行评比和认定，由政府对企业和产品作出评价，并给予一定的奖励、扶持和保护。这项制度运行之初，对鼓励企业增强品牌意识、提高产品质量、促进地方经济发展，起到了一定的积极作用。但是，由政府对著名商标进行认定和特殊保护，存在着利用政府公信力为企业背书、对市场主体有选择地给予支持、扭曲市场公平竞争关系等问题，在操作过程中也滋生和带来一些弊端。党的十八大以来,党中央明确提出使市场在资本配置中起决定性作用和更好发挥政府作用的改革要求,加快转变政府职能。

鉴于此,全国人大常委会法工委认为,地方著名商标制度与全面深化改革的目标和要求不符,继续保留地方著名商标制度,弊大于利;地方立法不应再为著名商标评比认定提供依据;对有关著名商标制度的地方性法规,应当予以清理,适时废止。

缺乏上位法依据　破坏市场竞争秩序　影响政府公信力

专家称地方著名商标制度值得反思

（2017 年 11 月 14 日）

一个商标在此地被认定为著名商标，在其他地方不被认定为著名商标。著名商标在各地保护水平、认定标准均有很大差异，造成乱象。

是否可视作政府为市场主体竞争的背书？政府主导市场竞争，是否构成不正当竞争？一直以来，围绕地方著名商标制度，学界一直都在讨论。

显然，反思地方政府评审著名商标行为，必须透彻分析存在的问题，而享受驰名商标保护的实质、政府过度干预、认定主体不适格、认定方式不恰当、妨碍市场竞争秩序、损害消费者权益……这些也确实都是地方著名商标制度存在的问题。

今年 5 月，全国人大常委会法工委收到 108 名知识产权专业硕士研究生联名提出的审查建议之后，立即依照立法法和法规备案审查工作程序的规定启动对有关地方性法规的研究工作。为深入研究地方著名商标制度的有关问题，委托北京大学国际知识产权研究中心组织召开专家研讨会，邀请北京大学、清华大学、中国政法大学、中南财经政法大学、中山大学等高校从事商标领域研究工作的专家学者及部分从事商标案件代理工作的律师就相关问题进行研讨。研讨会上，与会的多位专家学者和业内人士认为，“法无授权不可为”是现代行政法的基本原理，对地方著名商标制度应当进行反思，著名商标不应进行地方立法。

与会人员同时指出，著名商标制度最根本的问题，就是如何处理政府与市场的关系、如何促进企业在市场中自由竞争。地方政府应依法全力监督和管理商标的使用，保障市场公平竞争，维护消费者合法权益。

问题一:政府被指越位公信力受质疑

据了解,一直以来,由于地方著名商标制度中主要使用"认定"和"保护"两个术语,因此对这一制度的批评主要集中在"认定"方面。有专家学者指出,政府部门应当是依法监督权利人的商标市场行为,而不应直接对商标本身进行市场价值评审。否则,政府部门作为商标使用的监督管理者则异化成了著名商标的共有权人,这必将影响政府的公信力,破坏市场公平竞争秩序,损害消费者利益,是将地方政府的公信力捆绑在企业的市场信誉上。

北京大学知识产权研究中心主任易继明指出,反不正当竞争法中关于知名商品特有名称、包装、装潢的规定,可视为对著名商标提供"保护"的法律依据,但公权力机关对著名商标的主动"认定",是缺乏法律依据的。即使对驰名商标的认定,也是"被动认定""个案认定"原则,也不得在广告、包装、装潢等上使用,在商业活动利用中要受到限制,否则会影响公平竞争、分割市场。

"政府将在市场竞争中产生决定性的作用,著名商标可能导致企业在本地享有隐性和显性的特权,由政府主导市场竞争是不可取的。"中南财经政法大学教授曹新明指出,目前著名商标的认定标准、程序、主体、效果(广告宣传、招投标等)都是比较混乱的,将造成地方保护主义,可能导致其他地区的商标过不来,本地区的商标也难以走出去。而且政府和企业之间的勾连,打破了由市场主导的企业自由竞争。

问题二:被指缺乏上位法依据

尽管规定著名商标制度的地方性法规中通常都声称"根据《中华人民共和国商标法》和有关法律、法规的规定,结合本市实际,制定本办法",但有观点认为,其明显缺乏上位法依据。而且这些地方性法规实际上是赋予主体新的民事权利,超出了立法权限。

"目前没有关于著名商标的统一立法或规范性文件,地方著名商标制度缺乏法律依据,这实际上是宪法框架内的问题,也是最大的问题。"中山大学法学院教授、中国知识产权法学研究会副秘书长、常务理事李扬说。

在清华大学法学院副教授蒋舸看来，地方著名商标保护制度背离了商标法的基本原理。“商标法的历史使命就在于促成大规模市场的健康发展。偏缩一隅、敝帚自珍从来不是商标法的追求。商标法服务于大规模市场的理想与地方保护主义在小规模市场上的鼠目寸光，正好背道而驰。”

蒋舸认为，首先，从商标制度的正当性角度出发，商标的正当性在于鼓励市场经营者通过维系稳定的商誉，降低社会的搜索成本。而地方著名商标制度在理论与实务两个层面都无法经受考验。其次，从商标作为财产权的角度出发，地方著名商标制度的社会成本远远大于其收益。“总体而言，在商标法既有保护的基础上，地方著名商标提供的额外激励并不大，制度成本却高企，因此该制度违背了现代产权制度的基本原理。地方著名商标制度本身并不构成目的，评价该制度必须以是否促进全国商标战略为标准。而全国商标战略追求的是开放共赢的长远目标，地方著名商标制度不仅不能服务于该目标，反而会造成各地之间的恶性竞争。”

“实际上商标法中并无著名商标制度。地方立法的依据通常是地方政策。”北京市维诗律师事务所律师杨安进以北京市举例，其直接依据实际上是《北京市人民政府关于深入实施商标战略推动首都品牌经济发展的意见》。“对地方著名商标权人的禁止权（禁止他人在企业名称、装潢、商品名称中使用著名商标，甚至跨类保护）规定，实际上是赋予相关权利人在法律上没有的民事权利，属于创设新的民事权利，这显然超出了地方人大、地方政府的立法权限。”

问题三：被指影响公平竞争

纵观各地有关著名商标的规定，由于各地经济发展明显不平衡，地方上对申请著名商标的“注册商标使用时间”和“申请人”等方面的要求规定不同。有学者认为，这虽然体现了地方性，但却违背了市场的统一性和开放性特点，从而影响了经营者之间的市场公平竞争。

“早期我国没有立法法、行政许可法，这些法律出台后我们才看到，一些制度是违背这些立法精神的。我国市场是统一的，相关事项是中央的事权，而不是地方的事权。如何维护法制的统一，也是值得考虑的问题。”北京大学法学院教授刘东进指出，地方著名商标制度易造成地方保护主义，例如有些地方著名商标的认定,要求企业营业地必须在本地区。再比如,如果某一地区没有认可其他地区的著名商标,则其本身的商标在该地区也将受到歧视。“这些都将造成对全国市场秩序的更大破坏。”

李扬认为,认定标准不统一,容易造成市场竞争者之间的不公平竞争现象。“关于著名商标的认定条件,有的规定核准注册之日起 3 年以上,有的规定 1 年以上,有的规定只有本省的商标可以申请著名商标,带有很大的地方性色彩。目前的政策目标是‘统一、开放、有序’,地方著名商标制度明显违反这一政策目标。”

实务界律师多数也认为,不应以地方立法的形式认定著名商标。北京市中伦律师事务所合伙人、律师马东晓指出,著名商标制度实际上是对商标的强化保护,地方认定著名商标的初衷多是荣誉性的或者作为地方品牌。地方著名商标制度建立的本意并不是加强商标保护,从保护的角度来说,意义不大。“一个商标在此地被认定为著名商标,在其他地方不被认定为著名商标。著名商标在各地保护水平、认定标准均有很大差异,造成乱象。”

此外,根据各地的具体规定,著名商标所有权人可以在其核定使用的商品和商品包装、装潢、说明书上或广告宣传等活动中使用“某某地方著名商标”的字样。有观点认为,这必然对消费者的购买行为产生一定的引导作用,可能会出现消费者因对著名商标商品的信赖,选择和购买了实际上并不如其他一般商标商品质量的商品,消费者利益由此受损。

著名商标制度值得反思

值得一提的是,也有观点认为,过去一段时期内,著名商标制度在促进地方经济增长方式转变、提升综合实力和城市知名度等方面起到了一定作用。如果没有著名商标制度,那么对于不构成驰名商标但在地方有一定声誉的商标,又该如何保护呢?

“著名商标既是社会问题,也是法律问题。”中国政法大学教授费安玲指出,著名商标制度本身的出发点是好的,是保护商标竞争力,对增强企业的创新意识、提升产品质量、提供更好商品而言不是坏事,还可以为消费者提供一定的指引,它的出现对经济发展不一定是坏事,但现在的制度是扭曲的,存在公权力主体适格性问题,赋予了公权力机关过多的自行认定的权力,而公权力的过多介入导致目前著名商标制度的扭曲。她认为,真正应该发挥作用的应是不具有公权力色彩的行业协会。“如果能克服对公权力的疑虑,长久而言社会也许还是需要著名商标制度的。”

易继明建议,下一步的制度转换中,地方政府应加强商标服务,并考虑驰名商标、著名商标或知名商标名称上的统合,政府行政权力应退出市场,避免参与“认定”行为,反而是要加强对一些行业协会商标认定行为的监管,并限制其商业利用。

一些律师界人士也认为,著名商标可以进行地方立法,但需要进行相应的限制,包括认定机构应该社会化,而不应是某个政府部门进行,对著名商标的认定要透明,并且配套监督措施。此外,还可以仿照驰名商标进行个案认定,而不是通过评奖进行。

全国人大常委会法工委依托备案审查督促有关部门

纠正地方法院越权制定司法解释性质文件

（2018年08月14日）

党的十九大报告明确指出，加强宪法实施和监督，推进合宪性审查工作，维护宪法权威。推进科学立法、民主立法、依法立法，以良法促进发展、保障善治。这是依法立法与科学立法、民主立法首次并列。可以说，依法立法成为一项基本立法原则，具有重要意义和极强的现实性。

李步云，中国社会科学院荣誉学部委员、中国社科院法学所研究员、公法研究中心主任。作为改革开放后最早提出以法治国和保障人权的法学界领军人物，在李步云看来，依法立法的提出十分具有针对性。

“之所以要提出依法立法，就是因为当前有些地方还没有做到依法立法，仍存在越权立法、违反立法程序立法的突出问题。”李步云接受《法制日报》记者采访时指出，“依法立法，要求立法部门在立法的时候一定要遵守宪法法律设定的程序和实际权力的授权界限。只有做到科学立法、民主立法、依法立法，才能真正实现宪法法律至上、法律面前人人平等，最后实现通过良法促进发展、保障善治。”

据李步云向《法制日报》记者透露，今年年初，他向全国人大常委会法制工作委员会法规备案审查室提起了一项审查建议，剑指地方法院越权制定司法解释性质文件。目前事件的最新进展是，全国人大常委会法工委已进行相关研究工作，并于近日就此事专门向其复函，这是近年来全国人大常委会法工委处理“两院”越权制定司法解释文件的一项重大举措。

地方法院司法解释

李步云此次提起的审查建议，针对的是浙江省高级人民法院于2012年11月9日制定发布的《浙江省高级人民法院关于部分罪名定罪量刑情节及数额标准的意见》(浙高法〔2012〕325 号)中的部分内容,即第九十二条第五项“非医学需要鉴定胎儿性别三人次以上,并导致引产”、第六项“因非医学需要鉴定胎儿性别受过行政处罚,又实施该行为”的规定。按照意见,这两项行为被认为构成非法行医罪,须追究刑事责任。

谈及为何会关注到这一事件,李步云告诉记者,早在 2016 年就曾有律师向其反映,浙江省高院对非法行医罪进行司法解释并用于审判实践中的情况。通过查询公开的司法判决书,李步云发现,2016 年以来,全国为此作出刑事判决的有 120 余件,其中有三件案子,法院的判决文书直接引用了浙江省高院的这一意见作为定罪依据。

“我曾经参与过立法法的起草工作。立法法第一百零四条明确规定,最高人民法院、最高人民检察院以外的审判机关和检察机关,不得作出具体应用法律的解释。这就意味着,只有最高人民法院和最高人民检察院才有权力作出司法解释,省级法院并没有权力。因此,浙江省高院将非医学需要鉴定胎儿性别的这种行为直接定为非法行医罪并用于司法审判实践中,是严重混淆罪与非罪的界限、混淆行政违法和刑事违法界限的行为,应当予以撤销。”李步云说。

今年 1 月,李步云正式向全国人大常委会法工委法规备案审查室提出了审查建议,要求启动对浙江省高院这一意见的审查程序。

非医学需要鉴定胎儿性别如何定性意见不一

对于非法行医罪,刑法第三百三十六条规定,未取得医生执业资格的人非法行医,情节严重的,处三年以下有期徒刑、拘役或者管制,并处或者单处罚金;严重损害就诊人身体健康的,处三年以上十年以下有期徒刑,并处罚金;造成就诊人死亡的,处十年以上有期徒刑,并处罚金。

其中,对于何为“情节严重”,2008 年 4 月 28 日通过的《最高人民法院关于审理非法行医刑事案件具体应用法律若干问题的解释》第二条作出了规定。该司法解释明确,具有下列情形之一的,应认定为刑法第三百三十六条第一款规定的“情节严重”:(一)造成就诊人轻度残疾、器官组织损伤导致一般功能障碍的;(二)造成甲类传染病传播、流行或者有传播、流行危险的;(三)使用假药、劣药或不符合国家规定标准的卫生材料、医疗器械,足以严重危害人体健康的;(四)非法行医被卫生行政部门行政处罚两次以后,再次非法行医的;(五)其他情节严重的情形。但该司法解释并没有对"(五)其他情节严重的情形"再作进一步解释。

李步云告诉记者,对于非医学需要进行胎儿性别鉴定导致选择性别的人工终止妊娠的行为,我国相关法律并没有将其作为刑事犯罪行为,而是一直都将其界定为行政违法行为,予以行政处罚。比如,2016 年 5 月 1 日起施行的《禁止非医学需要的胎儿性别鉴定和选择性别人工终止妊娠的规定》第二十三条规定,"介绍、组织孕妇实施非医学需要的胎儿性别鉴定或者选择性别人工终止妊娠的,由县级以上卫生计生行政部门责令改正,给予警告;情节严重的,没收违法所得,并处 5000 元以上 3 万元以下罚款。"而在部分地区的实践中,也将此行为视为行政违法行为,予以行政处罚,并没有按照非法行医罪进行处理。

地方法院依据专门法律作出意见

2012 年 11 月 9 日,《浙江省高级人民法院关于部分罪名定罪量刑情节及数额标准的意见》施行。其中对于非法行医罪,该意见规定,非医学需要鉴定胎儿性别 3 人次以上,并导致引产的;因非医学需要鉴定胎儿性别受过行政处罚,又实施该行为的,均属于"情节严重",构成非法行医罪。

而之所以作出这样的规定,主要是源于人口与计划生育法的相关规定。该法第三十五条规定:"严禁利用超声技术和其他技术手段进行非医学需要的胎儿性别鉴定;严禁非医学需要的选择性别的人工终止妊娠。"第三十六条规定:"有下列行为的,由计划生育行政部门或者卫生行政部门依据职权责令改正,给予警告,没收违法所得;违法所得一万元以上的,处违法所得二倍以上六倍以下的罚款;没有违法所得或者违法所得不足一万元的,处一万元以上三万元以下的罚款;情节严重的,由原发证机关吊销执业证书;构成犯罪的,依法追究刑事责任。(一)非法为他人施行计划生育手术的;(二)利用超声技术和其他技术手段为他人进行非医学需要的胎儿性别鉴定或者选择性别的人工终止妊娠的;(三)实施假节育手术,进行假医学鉴定、出具假计划生育证明的。"

此外,2005 年,为进一步加强医疗机构的规范化管理,打击非法行医违法犯罪活动,原卫生部、公安部、国家中医药管理局等七部门联合制定了《打击非法行医专项行动方案》,方案规定,要严肃查处利用B超非法鉴定胎儿性别和选择性别的终止妊娠手术的行为,并明确了各部门分工,要求各部门加强协调配合,加大执法力度,共同推进打击非法行医专项行动工作。涉嫌构成犯罪的,由公安机关立案侦查,其他部门做好案件移送等调查配合工作。重点案件要挂牌督办,一抓到底。这也是浙江省高院出台该意见的重要背景之一。

地方法院无权作出司法解释

值得一提的是,就在浙江省高院作出意见的当年,早在1月份,为了维护国家法制统一,正确实施法律,促进公正司法,按照2011年全国人大常委会工作报告和立法工作计划关于督促和指导最高人民法院、最高人民检察院开展司法解释集中清理工作的总体部署和要求,最高人民法院和最高人民检察院联合下发了《最高人民法院、最高人民检察院关于地方人民法院、人民检察院不得制定司法解释性质文件的通知》。

通知规定:"根据全国人大常委会关于加强法律解释工作的决议的有关规定,人民法院在审判工作中具体应用法律的问题,由最高人民法院作出解释;人民检察院在检察工作中具体应用法律的问题,由最高人民检察院作出解释。自本通知下发之日起,地方人民法院、人民检察院一律不得制定在本辖区普遍适用、涉及具体应用法律问题的'指导意见''规定'等司法解释性质文件,制定的其他规范性文件不得在法律文书中援引。"

通知同时还规定,地方人民法院、人民检察院在总结审判工作、检察工作经验过程中,认为需要制定司法解释的,按照《最高人民法院关于司法解释工作的规定》和《最高人民检察院关于司法解释工作规定》的要求,通过高级人民法院、省级人民检察院向最高人民法院、最高人民检察院提出制定司法解释的建议或者对法律应用问题进行请示。

全国人大常委会法工委专门启动备案审查

在收到李步云的审查建议之后,全国人大常委会法工委法规备案审查室启动了对浙江省高院作出的相关规定的研究工作,并于近日向李步云作了回复。

全国人大常委会法工委法规备案审查室在复函中表示已对来函提出的问题进行了研究,与浙江省人大常委会作了沟通,并征求了有关方面的意见。根据反馈的情况,浙江省高级人民法院表示意见属于应当清理的带有司法解释性质的文件,将商省人民检察院、省公安厅停止执行相关条款,共同研究妥善处理正在审理的案件及生效案件,并将于近期通知辖区法院停止执行意见第九十二条有关非医学需要鉴定胎儿性别行为以非法行医罪处罚的决定。

同时,全国人大常委会法工委法规备案审查室在复函中表示,还将商有关方面督促浙江省高级人民法院做好相关工作。

"行政违法行为与刑事违法行为,两者的性质完全不同。"在收到复函后,李步云认为这一处理结果意义十分重大。"可以说,解决地方不依法立法的问题,通过备案审查程序是最佳方式。此次全国人大常委会法工委很好地履行了职责,通过督促有关部门对违法文件进行纠正,这是维护国家法制统一的需要,也是维护宪法法律权威的需要,是社会主义法治建设的一大进步。"李步云说。

非医学需要鉴定胎儿性别亟待立法完善

一直以来,对于如何进一步完善对于非医学鉴定胎儿性别的处罚是一个热点问题。据了解,自 20 世纪 80 年代以来,我国出生人口性别比持续攀升,"十二五"以来更是一直在高位徘徊。目前,世界上有 18 个国家和地区的出生人口性别比高于 107 正常值上限,我国是世界上出生人口性别结构失衡最严重、持续时间最长、波及人口最多的国家。有资料显示,导致我国出生人口性别比偏高的直接原因,就是非医学需要的胎儿性别鉴定和选择性别人工终止妊娠。

记者了解到,非医学需要鉴定胎儿性别的行为在我国一直被严令禁止,《中华人民共和国人口与计划生育法》《中华人民共和国母婴保健法》《中华人民共和国母婴保健法实施办法》《计划生育技术服务管理条例》等法律法规均规定了一系列的禁止性规定和处罚措施。此外,全国 26 个省(区、市)地方人口与计划生育条例对实施“两非”行为规定了相应的法律责任,14个省(区)出台了禁止“两非”的地方性法规或政府规章。但目前学界对于非医学需要鉴定胎儿性别的行为是刑事犯罪还是行政违法,仍有不同的看法,实践中,各地的做法也不尽相同。但大多数情况下仍是作为行政违法行为。

对此,有业内专家认为,非医学需要鉴定胎儿性别的行为,不仅会剥夺女孩的生存权、损害妇女的身心健康,而且会导致男性婚配困难等社会问题,会严重影响人口安全以及社会和谐稳定。仅仅依靠行政处罚,其打击力度和效果还不够,建议尽快通过法定程序,完善相关立法,提高犯罪成本,有效遏制这种行为。

收容教育制度或将终结

法工委建议有关方面适时提出相关废止议案

（2018 年 12 月 26 日）

作为行政措施存在了 20 多年的收容教育制度或将终结。

12 月 24 日，全国人大常委会法工委主任沈春耀在向十三届全国人大常委会第七次会议汇报备案审查工作情况时透露，为了深入贯彻全面依法治国精神，全国人大常委会法工委建议有关方面适时提出相关议案，废止收容教育制度。

沈春耀称："近年来，收容教育措施的运用逐年减少，收容教育人数明显下降，有些地方已经停止执行。通过调研论证，各有关方面对废止收容教育制度已经形成共识，启动废止工作的时机已经成熟。"

据了解，全国政协十三届一次会议期间，有全国政协委员提出提案，建议对收容教育制度进行合宪性审查。收容教育制度的主要法律依据是 1991 年七届全国人大常委会第二十一次会议通过的《全国人民代表大会常务委员会关于严禁卖淫嫖娼的决定》。该决定第四条第二款规定："对卖淫、嫖娼的，可以由公安机关会同有关部门强制集中进行法律、道德教育和生产劳动，使之改掉恶习。期限为六个月至二年。具体办法由国务院规定。"国务院据此制定了《卖淫嫖娼人员收容教育办法》。

"制定该决定主要是为了补充修改当时的刑法和治安管理处罚条例的有关规定，制定程序和内容均符合宪法规定。后来的情况是，决定规定的刑事方面内容，在 1997 年修改刑法时已经被吸收到刑法之中；但决定规定的收容教育制度作为行政措施继续有效，并一直延续至今。"据沈春耀介绍，今年，全国人大常委会法工委会同有关部门开展了联合调研，了解收容教育制度实施情况，召开座谈会听取相关单位和部分人大代表、政协委员和专家学者的意见，并书面征求了有关单位的意见。"总的看，收容教育制度实施多年来，在维护社会治安秩序、教育挽救卖淫嫖娼人员、遏制不良社会风气蔓延等方面发挥了积极作用。但是，随着我国经济社会的快速发展和民主法治建设的深入推进，特别是 2013 年废止劳动教养制度后，情况发生了很大变化。”沈春耀说。

鉴于此，为了深入贯彻全面依法治国精神，全国人大常委会法工委建议有关方面适时提出相关议案，废止收容教育制度。

部分道交管理地方性法规突破上位法
全国人大常委会法工委启动专项审查研究

备案审查剑指道交管理法规规章

（2019 年 01 月 29 日）

凡事，涉及衣食住行，皆是大事。而说到出行，有关道路交通的管理举措，尤其是对机动车管理的规定，由于涉及人数众多，一直牵动着公众敏感的神经。限行、限号、“捆绑式”机动车年检……一段时期以来，对这些道路交通管理地方性法规、部门规章等规定的内容合法性提出的质疑不绝于耳。而不久前提交全国人大常委会会议审议的全国人大常委会法工委备案审查报告显示，近年来全国人大常委会法工委收到的审查建议中，有不少都是围绕道路交通管理地方性法规和规章提出的。

保护公民法人的合法权利，是实行备案审查制度的初衷。通过备案审查工作积极推动解决社会关注的现实问题，更是开展备案审查工作的职责所在。

记者近日从全国人大常委会法工委获悉，针对一段时间以来公民建议审查地方道路交通管理法规来信较多的情况，全国人大常委会法工委集中开展了对道路交通管理地方性法规、部门规章的专项审查研究。

研究结果表明，目前全国各地共制定道路交通安全方面的法规 57 部，其中省级法规 33 部，设区的市法规 19 部，经济特区法规 5 部；有 53 部属于道路交通安全的综合性法规，有 4 部属于针对某一单项问题的法规。

“在调查研究的基础上，我们与一些地方人大常委会及公安部、生态环境部作了沟通。”全国人大常委会法工委法规备案审查室有关负责人近日向《法制日报》记者介绍说，下一步，将针对审查研究中存在的问题，与制定机关深入沟通并督促解决。

部分道交管理地方性法规减损公民权利

“此次专项审查中，我们重点研究了其中有关道路交通管理措施和行政处罚、行政强制的规定是否符合上位法，是否不当限制公民权利或者增加公民义务。”上述负责人指出，研究发现，目前道路交通管理地方性法规、部门规章确实还存在一些问题，部分道交管理地方性法规突破上位法，直接减损或者限制了公民的合法权利。

由于公民对机动车使用享有的相关权利涉及到公民财产权问题，国家层面的立法一直比较慎重，而道路交通安全法也并未对机动车总量、种类、使用频率作出规定。但此次调查发现，北京、西安、贵阳、苏州、泰州、聊城等多地规定，市人民政府根据城市发展规模、道路交通发展状况和大气环境质量，可以决定实施实行机动车保有量、种类调控和限制机动车使用频率等措施。浙江、江西等地规定，摩托车不得进入高速公路行驶。

除了财产权，通信自由也是宪法赋予公民的权利。按照法律规定，除因国家安全或者追查刑事犯罪的需要由公安机关或者检察机关依照法律规定的程序对通信进行检查外，任何组织或者个人不得以任何理由侵犯公民的通信自由和通信秘密。而处理交通事故，一般并不涉及国家安全、追查刑事犯罪的问题。但内蒙古、甘肃等地规定，公安机关交通管理部门因调查交通事故的需要，可以查阅、复制交通事故当事人的通讯记录等信息，必要时可以依法提取和封存相关信息、资料。

增设义务成为道交管理法规主要问题

对道交管理法规的专项审查研究结果表明，违反道路交通安全法的上位法规定随意增设各种义务，是当前道交管理法规存在的最主要问题。其中，最为典型也最广受诟病的就是“捆绑式”机动车年检规定。

道路交通安全法规定，对提供机动车行驶证和机动车第三者责任强制保险单的，机动车安全技术检验机构应当予以检验，任何单位不得附加其他条件。但北京、重庆、贵州、聊城、洛阳等多地规定，机动车进行安全技术检验前，有道路交通违法行为记录的，应当先行接受处理。实际上，对机动车定期进行安全技术检验（即机动车年检）的主要目的，是为了保证上路行驶的机动车能够保持良好的安全技术状况。是否接受道路交通违法行为处理，不属于机动车安全技术检验的范畴。

而除了“捆绑式”机动车年检之外，此次专项审查还发现，目前一些地方性法规中存在其他一些与道路交通安全法不符、擅自增设公民义务的情况。

比如，道路交通安全法规定了可以扣留机动车的法定情形，但有的地方在法定情形之外增加新的情形。如苏州等地规定，交通技术监控设备记录的同一辆机动车违法行为次数达到十五次以上，经公告未接受处理的，可以扣留该机动车。

又如，道路交通安全法中并没有关于扣留机动车行驶证的规定，只是规定饮酒后驾驶机动车的，处暂扣六个月机动车驾驶证；机动车驾驶人累计积分达到规定分值的，扣留机动车驾驶证。但北京、黑龙江、河南、宁夏等地规定，公安机关交通管理部门根据调查交通事故检验、鉴定的需要，可以扣留机动车驾驶证、机动车行驶证；南宁等地规定，在本市逾期未接受处理的道路交通违法行为记录累积达到五起以上，经告知逾期仍未处理的，可以扣留机动车行驶证。

再如，道路交通安全法规定，公安机关交通管理部门对机动车驾驶人违反道路交通安全法律、法规的行为，除依法给予行政处罚外，实行累积记分制度。但厦门规定，对交通技术监控设备记录的道路交通安全违法行为，也实行机动车累积记分制度，记分标准参照机动车驾驶人道路交通安全违法行为记分分值执行。

现存问题法律属性差别较大

"道路交通管理，特别是有关对机动车的管理涉及人数较多，而相关地方性法规存在的问题确实也比较多。"北京大学法学院教授、宪法与行政法研究中心主任王锡锌认为，从目前的情况看，这些问题在法律属性方面还有比较大的差别，总体上可以分为三大类：

第一类是涉及限制、减损公民权利或者增加公民义务的问题。王锡锌指出，如果道交管理地方性法规的内容涉及到减损公民的权利，而且还是一些比较重要、基本的公民权利，比如，涉及到财产权，那就要严格遵循立法法所确立的法律保留原则，即只有法律才能作出这样的限制。对于其他的一些公民权利，按照立法法，如果没有上位法的规定，地方性法规也不得作出减损的规定。"这是国家法制统一的要求，各地方都不能随意突破，否则宪法所确立的这一重要原则就无法落到实处。"王锡锌强调说。

第二类是涉及行政管理方式方法的问题，比如“捆绑式”机动车年检、规定处理交通事故可以查阅当事人通讯记录等。

第三类是在法定形式之外增加制裁性强制措施的问题，比如增设扣留机动车，扣留行驶证、驾驶证的情形。“这就相当于给公民设定了新的义务，扣留机动车涉及到公民财产权，扣留行驶证和驾驶证则是对当事人权能的限制，相当于对公民采取了行政强制措施。而如果采取行政强制措施，那就必须要有明确的法律规定。”王锡锌指出，对于此类制裁性强制措施，不管是创设过程，还是具体形式，都必须法定，而且要符合比例原则。

“合理性原则是行政的基本原则之一，因此，在立法过程中，立法目的是不是正当、手段是不是与目的相匹配、是不是有上位法的法律依据、是不是符合比例原则、权利义务的设置是不是平衡，这些都需要进行考虑，对公民权利的减损必须符合必要且最小原则。”王锡锌强调。

激活备案审查发挥好制度功能

保护公民权利是备案审查制度的三大功能之一。此次全国人大常委会法工委对道路交通管理地方性法规进行专项审查，无疑是发挥备案审查制度作用，有效保障公民合法权利，维护人民群众根本利益的又一具体体现。

在此次专项审查研究的基础上，下一步如何处理这些与上位法明显不符的问题法规，无疑更加值得关注。

据有关负责人介绍，对于问题法规，全国人大常委会法工委在此之前主要采取与制定机关沟通、提出建议、进行协商，请制定机关自行修改、废止的方式解决。“这种方式有利于人大与制定机关减少分歧、扩大共识，协同一致开展工作，也有利于保护制定机关的积极性”。

而近年来，全国人大常委会法工委积极探索通过督办、函询、提醒、发书面研究意见等方式强化制度的刚性，使许多过去制定机关长期拖延不办的问题得到了解决。“我们还曾采取‘回头看’的方式，这样无须动用撤销权，就达到了大面积纠正问题法规的结果，实现了法律效果、社会效果的统一。”上述负责人说。

“目前也只有通过备案审查制度，才能从根源上解决违反上位法的这些问题法规。备案审查制度的真正激活，对于我国的形式法治和实质法治都很关键。”在肯定这种处理方式的基础上，王锡锌建议，今后还应更多地通过法治化的路径解决问题法规。“这种路径是一种对外的、高度程序化的路径，好处就是可以使备案审查工作更加制度化程序化，还可以产生很大的示范效应，对于地方来说，起到一种很好的导向性功能。”

持续全面清理生态环保法规
打好污染防治攻坚战

访全国人大常委会法工委法规备案审查室主任梁鹰

（2019年04月02日）

深入贯彻习近平生态文明思想，加强生态环境保护，是关系党的使命宗旨的重大政治问题，也是关系民生的重大社会问题。打好污染防治攻坚战，是党中央确定的“三大攻坚战”之一，是决胜全面建成小康社会的重要任务。

十三届全国人大常委会把推动打好污染防治攻坚战作为履职开局之年的工作重点。2018年，栗战书委员长亲自担任大气污染防治法执法检查组组长，同王晨、沈跃跃、丁仲礼三位副委员长分别带队赴八省（区）实地检查。7月，全国人大常委会专门加开一次常委会会议，听取审议大气污染防治法执法检查报告，通过了《全国人民代表大会常务委员会关于全面加强生态环境保护依法推动打好污染防治攻坚战的决议》，这在以往并不多见。

近日，全国人大常委会法工委法规备案审查室主任梁鹰就近期推动地方开展生态环保法规清理工作情况以及下一步如何完成好生态环保法规全面清理工作接受了《法制日报》记者采访。

记者：请您简要介绍一下各地生态环境保护法规清理进展情况如何？

梁鹰：落实全国人大常委会决议要求，开展生态环保法规全面清理是贯彻落实党中央决策部署，依法推动打好污染防治攻坚战的重要内容，也是有力维护国家法制统一、做好备案审查工作的重要方面。为此，2018年7月，全国人大常委会办公厅分别向国务院办公厅、最高人民法院、最高人民检察院以及各省（区、市）人大常委会发函，要求各有关方面做好生态环境保护法规、规章、司法解释等规范性文件的全面清理工作，并于去年11月底前反馈清理工作情况。

各省（区、市）人大常委会对生态环保法规清理工作高度重视，认真贯彻党中央决策部署和全国人大常委会决议精神，在2017年工作基础上，扩大法规清理工作范围，坚持工作力度不减、清理对象不遗漏，持续深入开展生态环保法规清理工作，并督促本省（区、市）政府抓紧开展生态环境保护地方政府规章和规范性文件的全面清理工作。

从31个省（区、市）反馈的情况看，经全面清理，各地发现存在与上位法规定不一致等问题需要研究处理的法规共1029件，截至2018年底，已修改514件、废止83件，还有432件已列入立法工作计划，拟抓紧修改或者废止。

总的来看，在全国人大常委会大力推动督促和指导下，各地积极开展生态环保法规全面清理工作，切实维护国家法制统一，举措有力，成效显著，为贯彻落实习近平生态文明思想和绿色发展新理念，依法推动打好污染防治攻坚战提供有力保障。

记者：大气污染防治法执法检查报告和决议对大气污染防治地方立法工作提出了明确要求。目前，这项工作的进展情况如何？

梁鹰：为了推进大气污染防治地方立法工作，2018年7月，全国人大常委会法制工作委员会向各省（区、市）人大常委会印发《关于加强加快大气污染防治和生态环境保护地方立法工作的意见》，提出有关省（区、市）尚未制定大气污染防治方面的地方性法规，或者没有根据2015年修订的大气污染防治法对原有地方性法规作出相应修改的，应当于2018年底前完成大气污染防治相关地方性法规的制定或者修改工作，并于12月初报告制定、修改生态环保方面法规的情况。

意见还提出，有立法权的地方人大及其常委会要全面加强本地区生态环境保护地方立法工作，加快制定修改有关地方性法规；在不与上位法相抵触前提下，结合本地区实际进一步明确细化上位法规定，积极探索在生态环境保护领域先于国家进行立法，为全面加强生态环境保护、依法推动打好污染防治攻坚战、推进生态文明建设提供有力的地方立法支持和保障。

截至2018年底，各地严格按照全国人大常委会执法检查报告要求，均开展了大气污染防治条例的制定、修改工作，其中新制定大气污染防治条例17件、修改14件。

记者：我们注意到，决议明确提出："抓紧开展生态环境保护法规、规章、司法解释和规范性文件的全面清理工作，对不符合不衔接不适应法律规定、中央精神、时代要求的，及时进行废止或修改。”该如何理解“不符合不衔接不适应”？

梁鹰：建立健全最严格最严密的生态环境保护法律制度，除了要制定新的法律法规，还要及时做好相关法规、规章、司法解释和规范性文件的全面清理工作，这就需要国务院、最高人民法院、最高人民检察院和省级人大常委会按照各自职责分别组织有关方面进行，协同开展相关工作。

可以说，决议所提出的“不符合不衔接不适应”的要求是全面而深入的，这就意味着对生态环境保护地方法规、规章、司法解释和规范性文件的清理需要三管齐下。

所谓“不符合”，就是说与上位法相抵触，“不衔接”则是要么缺乏相关的配套法规，虽然有上位法但是没有细化，缺少具体的实施细则，要么是上位法已经制定或者修改但是没有及时跟进。“不适应”，就是说中央精神和时代要求已经发生了变化，一些法规、规范性文件过去看是没问题的，但是现在看已经不适应，一些做法过去允许但现在不允许，那就要及时纠正。

记者：在此次清理地方生态环保法规过程中，主要发现了哪些问题？

梁鹰：我们在工作中发现，地方在生态环保法规清理中确实存在一些需要认真对待的问题：一是一些地方生态环保领域立法力度不足，相关制度缺失。例如，2018 年 6 月我们在河南调研，发现该省共有 34 个国家级和省级自然保护区，但没有一件专门的地方性法规。二是地方立法滞后于国家立法步伐，未及时跟进修改。例如，江苏清理发现存在问题的生态环保法规中半数都属于此类情况。三是少数存在“立法放水”、管控不严的现象。例如，在自然保护区条例中将上位法规定的 10 项禁止性活动进行缩减，缩减的恰恰是大量发生的。四是少数对清理工作认识不到位，清理工作进展缓慢，贯彻落实不坚决。

尤其需要关注的是，目前设区的市的地方生态环境保护立法工作中还存在针对性不强、特色不足、解决问题举措不得力等问题。一些设区的市多是简单照搬抄袭上位法，比如，一些设区的市的水污染防治条例，内容基本都一样，大同小异，看不出来有什么区分，而实际上水体保护各地的差异性很大。另外，相比国家层面的立法，地方生态环保立法要因地制宜，标准可以更高一些、举措可以更严一些、责任要具体下沉到基层，但是目前看，这些还没有完全达到。

另外，清理工作中也确实存在一些实际困难需要认真研究：一是自然保护区范围划线不合理，生态保护难度较大。一些地方过去在申建自然保护区时盲目求大，未作科学论证分析，存在划界不合理等问题。二是如何妥善处理生态保护与经济发展、民族团结、边疆安全等关系。

记者：下一步将如何进一步全面推进生态环保法规的清理工作？

梁鹰：持续做好生态环保法规全面清理，打好污染防治攻坚战，是一项艰巨而复杂的任务，需要长期坚持，持续推进。

需要补充的一点是，在此之前，全国人大常委会法工委就已经督促地方开展生态环保法规清理工作。2017 年 6 月，在党中央通报甘肃祁连山自然保护区存在"立法放水"等突出问题后，我们就对涉及自然保护区管理的近 50 件地方性法规集中进行专项审查研究，并先后于 2017 年 9 月、2018 年 4 月两次致函各省（区、市）人大常委会，要求各地抓紧对涉及生态环保的地方性法规进行全面自查和清理，不折不扣地贯彻落实好党中央决策部署和要求，认真查找并纠正地方性法规中存在的故意放水、降低标准、管控不严等问题，确保地方性法规与党中央精神相符合、与宪法法律相一致。法规备案审查室一直密切关注各地工作进展，2018 年以来先后赴 10 余个省（区、市）进行调研督办，还通过召开座谈会、电话沟通等多种形式，及时发现和解决清理工作中存在的问题和困难，推动地方人大抓紧开展清理工作。

2018 年 8 月，习近平总书记再次强调，要深刻汲取立法上"放水"，执法上"放弃"，导致祁连山生态系统遭受严重破坏结果的教训。今年全国人大会议上，栗战书委员长在全国人大常委会工作报告中对 2019 年工作作出部署，提出"久久为功，持续发力，依法律、用法治守护良好生态环境这个最普惠的民生福祉"。

今年，我们将继续深入贯彻落实党中央决策部署，贯彻落实好大会精神和全国人大常委会工作报告要求，持续关注清理工作进展，不断加大督促指导力度，确保顺利完成全国人大常委会提出的全面清理工作任务。

政府替企业还钱？撤销！
超生即辞退？立即清理！

（2019年12月13日）

党的十九届四中全会通过的《中共中央关于坚持和完善中国特色社会主义制度　推进国家治理体系和治理能力现代化若干重大问题的决定》提出，加强备案审查制度和能力建设，依法撤销和纠正违宪违法的规范性文件。备案审查制度，对于健全保证宪法全面实施体制机制，维护国家法制统一、尊严、权威至关重要。

按照以往惯例，全国人大常委会每年12月份的会议都会听取并审议全国人大常委会法工委年度备案审查工作情况报告。实际上，备案审查工作不但是全国人大常委会的一项重要职能，也是各级地方人大的一项重要工作。地方各级人大常委会开展备案审查工作，既是对地方立法的监督，也是对地方立法的促进。在上月召开的第二十五次全国地方立法工作座谈会上，全国人大常委会法工委主任沈春耀指出，总的看，地方人大备案审查工作，都已经开展起来了，但工作情况不平衡，还需要加强和改进。

近日，全国人大常委会法工委在湖南省长沙市召开了党的十九届四中全会后的首次全国性备案审查工作会议，会上印发了一批地方人大常委会备案审查案例。“我们建议各地各级地方人大结合各自的实际工作，对这些具体案例进行仔细研究和深入探讨，包括审查方式、审查机制、审查处理结果、研究意见等等，达到促进地方备案审查能力水平逐步提升的目的。”全国人大常委会法工委法规备案审查室主任梁鹰说。

据梁鹰透露，目前，全国人大常委会法工委正在对已经收到的各省提供的数百件备案审查案例进行梳理，下一步将陆续推出系列，并在适当的时候召开全国性备案审查案例交流会议，通过认真研究备案审查典型案例，推动各地备案审查工作。同时，也希望学界通过案例研究来进一步加深备案审查理论研究。

记者注意到,此次公布的备案审查案例中,有多起是根据公民提出的备案审查建议进行,内容或涉及限制或减损公民权利或增加了公民的义务。还有一些政府颁布实施的规范性文件涉及违反上位法,以行政手段进行不必要、不适当的干预。

案例一:

天津市人大常委会审查纠正下级人大常委会关于将企业融资还款列入政府年度财政预算的决议决定

2016 年 2 月,天津市人大常委会法工委对××区人大常委会 2015 年通过的《关于批准××示范小城镇农民安置用房建设项目申请银团贷款的决议》进行了审查,初步研究发现,该《决议》同意由实体化公司作为融资主体申请银团贷款,并批准县政府将还款资金列入年度财政预算的规定,与预算法和《关于加强地方政府性债务管理的意见》《关于深化预算管理制度改革的决定》2 个文件的规定不一致。经研究,市人大常委会法工委和财经预算工委一致认为该决议与法律、国务院有关文件相抵触,应当予以纠正。经市人大常委会主任会议研究同意后,市人大常委会办公厅向××区人大常委会发出《关于〈关于批准××示范小城镇农民安置用房建设项目申请银团贷款的决议〉的研究意见》,要求其对相关决议重新研究并作出处理。

在督促××区人大常委会纠错的同时,市人大常委会安排部署全市 16 个区县人大常委会对 2015 年以来所通过的同类决议决定进行全面自查。经全面排查,又发现 2 个关于将企业融资还款列入年度财政预算和用财政专项资金为企业贷款还款的规定,与预算法、国务院有关文件不一致。

在天津市人大常委会的监督指导下,上述与预算法、国务院有关文件规定不一致的 3 件决议决定全部在 2016 年上半年由制定机关自行撤销。

案例二:

上海市人大常委会审查处理下级人大常委会关于限定常委会工作机构组成人员资格的规范性文件

2019 年,上海市人大常委会对××区第十六届人民代表大会常务委员会第十五次会议上修改通过的《上海市××区人民代表大会常务委员会任免国家机关工作人员若干规定》(以下简称《规定》)进行了审查。审查发现,该

《规定》第四条第四项规定:“工作委员会主任人选必须在区人大常委会组成人员中提名,副主任、委员人选一般在区人大常委会组成人员或者代表中提名,个别的也可以在熟悉该项业务的人员中提名”,即该文件对常委会工作机构组成人员的资格作出了具体限定。市人大常委会法工委认为,地方组织法对地方人大常委会工作机构组成人员的资格没有明确规定,《规定》对此作出限定,是否妥当需要进一步研究。

市人大常委会法工委与人事任免工委通过召开专题会议、与××区人大沟通等方式进行研究处理。经研究认为,常委会工作机构组成人员任免资格的确定,涉及常委会工作机构的体制机制问题,具有一定的政治性和敏感性。在地方组织法未作具体规定的情况下,区人大文件不宜明确予以限定。

2019 年 5 月 27 日,××区人大常委会会议修改了《规定》,删除了相关限制性规定。

案例三:

重庆市人大常委会审查纠正本级政府有关户外广告位经营权公开出让规范性文件

2011 年 4 月,重庆市人大常委会法工委对《重庆市户外广告位经营权公开出让暂行办法》(以下简称《暂行办法》)进行了审查。审查认为,《暂行办法》第七条“所有物业上设置户外广告在重庆联合产权交易所公开出让”、第十七条“户外广告位经营权出让收入,扣除公开出让成本后,由政府和业主按 3∶7 比例分配”的规定,与物权法第七十条、第一百三十五条关于业主享有完整物权的规定不一致,存在对私有物业户外广告的设置权、收益权造成侵害的情形。重庆市人大常委会法工委多次召开座谈会听取市人大有关专门委员会、市政府部门、市总商会广告商会等方面的意见。各方意见趋于一致后,及时与市政府及办公厅沟通反馈,市政府根据沟通反馈的意见建议,暂停适用《暂行办法》第七条、第十七条的规定。

2014 年 3 月,重庆市政府通过决定废止了《暂行办法》。

案例四:

北京市区级人大常委会审查纠正本级政府关于规范共享自行车管理的规范性文件

2018 年 10 月 5 日,北京市××区政府报送给区人大常委会备案审查办公室关于《北京市××区人民政府关于规范共享自行车管理的实施意见（试行）》。区人大常委会初步审查后，将该文件交由区人大城建环保委审查；并同时将该文件委托聘请的律师事务所进行合法性审查。该律所于2018年12月17日提交了审查意见书，认为：文件中第四条第四项规定“公安××分局负责对侵占、盗窃、故意损毁共享自行车以及侵犯公民个人信息等违法行为进行查处”，与2017年9月15日北京市人民政府印发的《北京市鼓励规范发展共享自行车的指导意见》第二条关于各方责任的规定中，明确“市公安局负责对盗窃、故意损毁共享自行车，以及侵犯公民个人信息等，构成犯罪或者违反治安管理、交通管理法律法规的行为进行查处”的内容相抵触，其中增加的“侵占”内容，与上位法不符，扩大了公安机关的职权。

2019年4月，区人大城建环保委召开会议对报备的区政府文件进行了审查，并提出了审查意见。城建环保委会同备案审查办公室向区人大常委会党组汇报了备案审查情况。5月，区人大常委会第35次主任会议讨论了区人大城建环保委会同备案审查办公室所提出的审查意见，建议由办公室向区政府发函，要求区政府在收到审查意见书之日起六十日内，以书面形式向××区人大常委会备案审查办公室报送处理结果。

2019年7月，××区人民政府回函：经制文机关××区交通委提出，现申请将《北京市××区人民政府关于规范共享自行车管理的实施意见（试行）》废止。

案例五：

河南省人大常委会审查纠正地方“两院”关于规范伤害案件伤情鉴定工作程序的规范性文件

2018年，河南省人大常委会法工委根据公民提出的审查建议，对省高级人民法院、省人民检察院、省公安厅2014年出台的《关于进一步规范伤害案件伤情鉴定工作程序的通知》进行了审查。经审查发现，该文件第三条关于“办案单位可邀请司法机关的法医鉴定技术人员及相关医学专家共同对已经出具的鉴定意见及相关技术问题提出分析意见，分析意见可作为证据使用”，及第八条“人民法院对涉及鉴定的重大疑难伤害案件，可以聘请有专门知识的人进行会检，会检意见可作为证据使用”的规定，与刑诉法中有关证据类型的规定不一致。省人大常委会法工委按照有关规定向制定机关发函,要求说明情况并提供制定依据。同时,组织召开座谈会,开展专题研究论证,广泛听取各方意见。随后,召集省高级人民法院、省人民检察院、省公安厅负责同志及相关部门主要负责同志,召开了审查意见通报会,督促制定机关研究整改。

2019年年初,省高级人民法院、省人民检察院、省公安厅联合印发《关于办理伤害案件伤情鉴定有关问题的通知》,对相关规定进行了修订,同时废止了《关于进一步规范伤害案件伤情鉴定工作程序的通知》。

案例六:

山东省人大常委会审查纠正下级政府有关快递网点管理规范性文件

2018年,山东省人大常委会法工委对《××市快递网点管理办法》(以下简称《办法》)进行了审查。审查发现,《办法》第十八条规定,"快递网点违反本办法第十一条规定,收寄、分拣、存储快件露天作业或者存在抛扔、踩踏、坐压快件行为的,由邮政管理部门责令改正,可以对设置快递网点的快递企业或者分支机构处五千元以下的罚款;情节严重的,处五千元以上一万元以下的罚款",该规定的适当性存在争议。经研究认为,该《办法》为快递网点规定了禁止露天作业,禁止抛扔、踩踏、坐压快件等义务,其用意在于规范快递网点行为、保障快件安全,但保障快件安全是快递合同的题中应有之义,因快递公司行为不当造成快件损毁,并未损害社会公共利益,可按照合同的相关条款进行赔偿或者采取诉讼、仲裁等救济方式,以行政手段进行干预是不必要、不适当的。建议制定机关予以修改。

2018年11月,××市政府根据审查意见对该规章作出修改。

案例七:

湖南省人大常委会审查纠正政府有关禁止燃放烟花爆竹管理规范性文件

2017年10月,湖南省人大常委会法工委对××市人民政府报送备案的《××市城区禁止燃放烟花爆竹管理办法》(以下简称《办法》)进行了审查。审查发现,《办法》第九条规定,"对未经许可举办焰火晚会或者其他大型焰火燃放活动,或者获得许可但未按照指定的时间、地点和燃放作业单位违反焰火燃放安全规程燃放的,由城管行政执法部门责令停止燃放,对责任单位处两万元以上五万元以下罚款”。该条规定的执法主体与国务院《烟花爆竹安全管理条例》第四十二条关于违法行为处罚主体的规定不一致。另外,《办法》第十条规定,“提供婚丧喜庆服务的酒店、宾馆等经营者未履行告知、劝阻或者报告义务,致使在其市容环境卫生责任区内发生燃放烟花爆竹或者施放电子礼炮行为的,由城管行政执法部门对提供婚丧喜庆服务的酒店、宾馆等经营者处以五百元以上一千元以下罚款”。国务院《城市市容和环境卫生管理条例》和《烟花爆竹安全管理条例》对该违法行为没有设定行政处罚,《办法》属于超越权限增设行政处罚。省人大常委会向××市人大常委会发函,建议其督促××市人民政府尽快予以修改。

××市人民政府根据审查研究意见对相关条款进行了修改,修改后的《办法》由××市人民政府法制办重新报备。

案例八:

福建省县级人大常委会审查纠正本级政府关于因超生开除公职的规范性文件

2019年,福建省××县人大常委会法工委根据公民审查建议对该县人民政府颁布的《××县贯彻〈福建省计划生育条例〉实施办法》(以下简称《办法》)进行了审查。

经审查,××县人大常委会认为,该《办法》系于1993年根据当时的《福建省计划生育条例》制定的,在当时的历史条件下,该文件符合中央文件精神和相关法律法规,是合法有效的文件。但随着社会的发展,我国的计划生育政策已进行了重大调整。《福建省计划生育条例》历经多次修正,根据2016年2月19日《福建省人民代表大会常务委员会关于修改〈福建省人口与计划生育条例〉的决定》,现已全面实施两孩政策,该文件与上位法律法规相抵触,已经不再适用,应当予以清理。建议××县政府法制办及时对《办法》进行修订。

2019年,××县政府法制办已按照××县人大常委会的相关建议开展清理修订工作。

案例九:

甘肃省人大常委会审查纠正甘肃省有关工伤保险事务的政府规章

甘肃省人大常委会法工委对2018年报备的《甘肃省工伤保险实施办

法》(以下简称《实施办法》)进行了审查。《实施办法》第四条第二款规定:“在省社会保险经办机构参加城镇职工基本医疗保险的用人单位,跨地区、生产流动性较大行业的用人单位,其工伤保险工作由省社会保险行政部门管理,工伤保险事务由省社会保险经办机构办理。”国务院《工伤保险条例》第十七条第三款规定:“应当由省级社会保险行政部门进行工伤认定的事项,根据属地原则由用人单位所在地的设区的市级社会保险行政部门办理。”审查认为,《实施办法》有关工伤保险事务的规定与上位法不一致。甘肃省人大常委会法工委与省政府司法厅进行沟通。

2019 年 7 月,省政府通过决定已作出修改。

案例十:

浙江省人大常委会审查纠正市政府关于房屋所有权转移办理公证的规范性文件

2017 年 9 月,根据公民审查建议,浙江省人大常委会法工委对《××市国有土地上房屋登记办法》(以下简称《办法》)有关规定进行了审查。按照《办法》第十四条,在赠与、分家析产、受遗赠、继承等四种情况下,申请人在办理房产过户时,需要先办理公证,缴纳每平方 30 元标准的公证费用。物权法第十条规定:“国家对不动产实行统一登记制度。统一登记的范围、登记机构和登记办法,由法律、行政法规规定”。国务院《不动产登记暂行条例》第十六条对办理不动产登记时应当提交的材料,分六类作了列举式规定,没有要求提交公证文书的规定。其他法律、行政法规也没有房产过户时应当提交公证文书的规定。审查认为,《办法》第十四条的规定,违反了上位法的规定,增加了房产登记条件,增加了公民的义务和经济支出,应当依法予以纠正。

2017 年 10 月,浙江省人大常委会法工委发出监督函,要求××市人大常委会依法监督处理并报告处理结果。11 月,××市政府完成《办法》纠正工作。

案例十一:

山西省人大常委会审查纠正省政府规章有关最低生活保障金减发或者停发的规定

2017 年 7 月,山西省人大常委会根据公民审查建议,对山西省政府规章

《山西省城市居民最低生活保障实施办法》(以下简称《实施办法》)有关规定进行了审查。《实施办法》第二十五条第一款规定:“在就业年龄内有劳动能力但尚未就业,无正当理由,两次不接受工作安排或者两次无故不参加社区居民委员会组织的公益性社区服务劳动的,可以减发或者停发城市居民最低生活保障金。”国务院《社会救助暂行办法》第四十五条规定:“最低生活保障家庭中有劳动能力但未就业的成员,应当接受人力资源社会保障等有关部门介绍的工作;无正当理由,连续3次拒绝接受介绍的与其健康状况、劳动能力等相适应的工作的,县级人民政府民政部门应当决定减发或者停发其本人的最低生活保障金。”审查认为,国务院暂行办法关于“减发或者停发居民最低生活保障金”的适用条件明确而严格,必须满足“连续三次”拒绝接受工作,而《实施办法》规定,“两次”不接受工作安排或“两次”不参加“公益性劳动”,均成为“减发或者停发居民最低生活保障金”的情形,减损或者限制了公民依法享受最低生活保障金的权利。此外,《实施办法》对于低保成员拒绝接受的工作是否与其健康状况、劳动能力等相适应没有明确规定,显然与《社会救助暂行办法》第四十五条规定不一致。

经山西省人大常委会主任会议研究后,山西省人大常委会向山西省政府提出应当予以纠正的书面审查意见。山西省政府在随后的规范性文件清理工作中,对上述规章进行了废止。

案例十二:

湖北省人大常委会审查纠正××市政府关于劳动教养的规范性文件

2019年2月,根据公民审查建议,湖北省人大常委会对《××市刑满释放人员和解除劳动教养人员安置帮教工作办法》(以下简称《工作办法》)有关规定进行了审查。湖北省人大常委会法规工作室按照有关规定,将该《工作办法》送省人大监察和司法委员会审查。省人大监察和司法委员会于4月反馈了初步审查意见,认为《工作办法》中关于劳动教养等相关规定与国家有关法律制度和政策不一致,应予及时废止;部分内容难以适应安置帮教工作面临的新形势和新要求,急需进行修改,并附××市人民政府办公厅建议保留、修改该《工作办法》的函。

5月,省人大常委会法规工作室对《工作办法》进行专题研究,根据有关法律法规规定和各方面意见,提出审查研究意见:2013年12月全国人大常委会作出《全国人大代表大会常务委员会关于废止有关劳动教养法律规定的决定》。2014 年 12 月省人民政府作出《湖北省人民政府关于规章清理结果的决定》,废止了《湖北省安置帮助教育刑满释放、解除劳动教养人员暂行规定》。据此,《工作办法》中有关解除劳动教养人员安置帮教工作的内容已无上位法依据。2019 年 3 月 13 日,××市人民政府办公厅在回复省人大监察和司法委的函中提出,下一步在对《工作办法》修改时拟将社区矫正人员列入安置帮教工作对象。根据立法法的规定,××市人民政府在修改《工作办法》时将社区矫正人员列入安置帮教工作对象,属扩大适用范围,超出其立法权限。根据立法法第八十二条关于"规章实施满两年需要继续实施规章所规定的行政措施的,应当提请本级人民代表大会或者其常务委员会制定地方性法规"的规定,《工作办法》自 2004 年 2 月施行以来,早已超过两年,如需要继续实施《工作办法》所规定的行政措施,应由××市人大或者其常委会制定有关地方性法规,但根据立法法第七十二条的有关规定,××市人大及其常委会无此立法权限。据此,建议将该《工作办法》予以废止。

按照有关规定,湖北省人大常委会法规工作室将审查研究意见交由××市人大常委会督促××市人民政府纠正。经沟通,××市人民政府于 2019 年 6 月废止了该《工作办法》。

案例十三:

云南省人大常委会审查纠正××市政府规章有关自然保护区范围界限确定等规定

2017 年 11 月 29 日,云南省××市人民政府公布《云南××国家级自然保护区管理办法》(以下简称《办法》),并分别向云南省人大常委会、云南省人民政府、××市人大常委会报送备案。云南省人大常委会法工委收到备案材料后,与省人大常委会环资工委、省政府法制办进行了联合审查。审查认为,《办法》关于自然保护区范围和界线的确定、核心区和缓冲区有关禁止性行为的规定等与国务院《中华人民共和国自然保护区条例》不一致;个别条文语意表述模糊,不利于自然区保护;对个别禁止性行为处罚的规定缺乏上位法依据。发现问题后,云南省人大常委会法工委及时与××市人大常委会沟通,形成一致处理意见,建议由××市政府对《办法》进行修改。

2018 年 9 月 30 日,××市政府向社会公布了修订后的《办法》。

案例十四：

西藏自治区人大常委会审查纠正本级政府规章关于不当扣除村民委员会成员报酬的规定

近年，西藏自治区人大常委会法工委对自治区人民政府制定的《西藏自治区陆生野生动物造成公民人身伤害或者财产损失补偿办法》（以下简称《办法》）进行了审查。审查发现，《办法》第二十三条“村（居）民委员会负责人弄虚作假或者不依照本办法规定向乡（镇）人民政府、街道办事处报送申请补偿表的，扣除国家给予的 6 个月的报酬”的规定有失妥当。经研究，西藏自治区人大常委会法工委认为，该规定存在以下问题：第一，从权利和义务的对等性来看，村民委员会获得报酬是由于履行了村民委员会组织法中规定的工作职责，而损害补偿的相关工作是协助政府所做的工作，不宜以协助工作中的失职而扣除其履行村委会成员职责所获得的工作报酬。第二，公务员法第七十八条规定，“任何机关不得违反国家规定自行更改公务员工资、福利、保险政策，擅自提高或者降低公务员的工资、福利、保险待遇。任何机关不得扣减或者拖欠公务员的工资”，可见，法律明确保障国家公务员获得工资不被任意克扣的权利，村民委员会成员作为村民自治组织，在协助从事公务时，参照适用公务员的相关规定，村民委员会成员获得报酬的权利也应当获得类似的保障。第三，村民委员会的一切活动依据是村民委员会组织法，其中并没有涉及扣除村民委员会成员补贴的内容，地方政府规章直接规定此项内容有失妥当。建议制定机关对该办法进行修改。

制定机关已按照自治区人大常委会的有关建议，对《办法》进行了修改。

主动审查疫情期间各地决定　专项清理野生动物保护规范性文件

全国人大常委会法工委部署专项备案审查工作

（2020 年 05 月 19 日）

新冠肺炎疫情发生以来，各省、自治区、直辖市和经济特区所在地的市人大常委会立足本地疫情防控工作实际需要，作出多个关于依法做好新冠肺炎疫情防控工作的决定。

按照“有件必备、有备必审、有错必纠”的要求和备案审查工作职责，全国人大常委会法工委对这些地方决定逐件开展了主动审查研究。经研究，全国人大常委会法工委认为，地方人大常委会在遵守法定权限和程序的前提下主动担当作为作出有关决定，在支持政府及其有关部门依法做好疫情防控工作中发挥了重要作用，总体上是合法、适当的，未发现与上位法相抵触的问题。

据悉，全国人大常委会已部署对涉及野生动物保护领域的规范性文件开展一次集中专项清理工作。清理工作要求在 7 月 31 日前完成，相关情况需报告全国人大常委会。

“这次清理，主要是为了贯彻落实《全国人民代表大会常务委员会关于全面禁止非法野生动物交易、革除滥食野生动物陋习、切实保障人民群众生命健康安全的决定》（以下简称《决定》），维护野生动物保护领域法制统一，为打赢疫情防控阻击战提供法制保障。”全国人大常委会法工委法规备案审查室主任梁鹰说。

疫情防控期间多地出台专门决定

疫情期间，一些地方人大常委会根据传染病防治法、突发事件应对法、突发公共卫生事件应急条例等法律、行政法规，结合本地区实际，作出了关于依法做好新冠肺炎疫情防控工作的决定。

这些决定内容主要包括：明确防控工作的基本原则和总体要求，明确地方政府相关职责和工作要求，授权政府采取临时性应急管理措施及制定规章等，明确政府可以依法采取征用等应急物资管控和保障措施，规范疫情信息报告和公布，明确社区、单位和个人等各方的权利义务，明确要求行政执法机关依法履职、严格执法，进一步明晰单位、个人疫情防控的法律责任，实行与疫情防控相关的奖励、抚恤、补贴制度等等。

根据备案审查工作职责，全国人大常委会法工委对北京、上海、浙江等23个省、自治区、直辖市人大常委会以及深圳、珠海、厦门3个经济特区所在市人大常委会作出的26件决定进行了主动审查研究。

“总的来看，这些决定以法律法规为依据，以提升疫情防控法治化为目标，以管用有效为制定方针，紧密结合了地方实际和特点。”梁鹰说。

授权政府有条件制定规章符合上位法精神

在审查中，全国人大常委会法工委发现，有18个省区市的人大常委会在决定中授权政府可以在不与宪法、法律、行政法规相抵触且不与地方性法规基本原则相违背的前提下，规定或采取临时性应急行政管理措施，或者发布决定、命令、通告等。其中，上海市、河南省人大常委会还授权政府可以遵循“不抵触”原则制定政府规章。

那么此举是否符合上位法的有关规定呢？

根据立法法第七十二条的规定，“不抵触”原则是地方性法规制定中应当遵循的原则。立法法第八十二条第一款规定，省、自治区、直辖市和设区的市、自治州的人民政府可以根据法律，行政法规和本省、自治区、直辖市的地方性法规，制定规章。根据上述规定，制定政府规章应当以法律、行政法规、地方性法规为依据。同时，立法法第八十二条第五款规定，应当制定地方性法规但条件不成熟的，因行政管理迫切需要，可以先制定地方政府规章，规章实施满两年需要继续实施规章所规定的行政措施的，应当提请本级人民代表大会或者其常务委员会制定地方性法规。

“新冠肺炎疫情传播速度快防控难度大，需要政府及时采取有效应对措施进行防控，有关地方政府为应对疫情而制定规章，属于立法法第八十二条第五款中规定的‘因行政管理迫切需要’的情形。地方人大常委会授权政府在疫情防控期间遵循'不抵触'原则制定规章,与立法法规定的精神是一致的。"梁鹰说。

梁鹰表示,对地方政府在疫情防控期间制定的应急行政管理措施和政府规章,在疫情结束之后应当及时评估,对不需要继续实施的,应当废止或者停止执行;对有必要继续实施的,应当依照立法法第八十二条第五款的规定提请本级人大或者其常委会制定地方性法规。

专项清理审查时应以《决定》为准

疫情暴发后,革除滥食野生动物陋习的呼声一浪高过一浪。在党中央集中统一领导下,在疫情防控人民战争的关键阶段,2 月 24 日,全国人大常委会通过《决定》,确立了全面禁止食用野生动物的制度。

为督促《决定》的贯彻落实,健全公共卫生保障法治体系,全国人大常委会法工委近日开始对野生动物保护规范性文件开展专项清理工作。据悉,全国人大常委会办公厅已分别向国务院办公厅,"两高",省、自治区、直辖市人大常委会以及深圳、珠海、汕头、厦门市人大常委会致函,要求对政府规章、司法规范性文件、地方性法规、单行条例、经济特区法规和规范性文件进行清理。

按照此次专项清理的工作要求,相关部门要对近来为防控疫情落实《决定》新制定的规范性文件依法及时报送备案。对不符合不衔接不适应《决定》和野生动物保护法、动物防疫法等相关法律规定以及有关精神的,及时进行废止或修改。涉及有关法律、行政法规、司法解释中的问题,及时向全国人大常委会法工委反馈。

目前我国有关野生动物保护领域的法律包括野生动物保护法、动物防疫法、国境卫生检疫法和《决定》等。值得关注的是,此次《决定》将禁食范围扩大到所有"三有"野生动物和其他陆生野生动物。《决定》通过之前的法律并没有规定全面禁食制度,现行野生动物保护法重在野生动物的保护,禁食限于国家重点保护野生动物和没有合法来源,未经检疫合格的其他保护类野生动物。

那么,《决定》在涉及野生动物禁食和禁止猎捕、交易、运输、食用野生动物方面,如有与野生动物保护法规定不一致的情形,审查时如何处理呢?对此,全国人大常委会法工委明确,应当以《决定》为准。

五地出租车管理条例涉嫌就业歧视　全国人大代表提出审查建议

地方性法规设置出租车司机户籍门槛被叫停

（2021年02月02日）

2020年备案审查工作情况报告近日揭开面纱。在披露的13件典型案例中，有一件引起广泛关注：由于有的地方性法规将具有本地户籍规定为在本地从事出租汽车司机职业的准入条件，有公民为此提出了审查建议。

一直以来，一些地方出台的地方性法规对出租汽车司机或网约车司机设置了一定的户籍门槛。从户籍方面提出要求已成为出租汽车行业的通行做法，由此也曾引发不少争议。

此次全国人大常委会法工委给出了权威结论。全国人大常委会法工委经审查认为，地方性法规对出租汽车司机资格条件设置本地户籍限制，存在与党中央文件精神不符的问题，不符合党中央关于“引导劳动力要素合理畅通有序流动”“营造公平就业环境，依法纠正身份、性别等就业歧视现象，保证城乡劳动者享有平等就业权利”的改革要求，应予纠正。而居住证一般只与社会管理相关，且取得较为容易，规定居住证条件虽不如户籍那样明显构成对就业的限制或歧视，但一定程度上也对公平就业产生影响，也需要适时进行调整。

人大代表认为地方性法规存在就业歧视

提起审查建议的，是全国人大代表、中国法学会副会长张苏军。之所以要提起这份审查建议，是因为在张苏军看来，“稳就业”是当前党和国家的头等大事。各地应当积极采取有效措施，努力营造良好的就业环境。然而，昆明、南宁、武汉、太原、石家庄五个城市的出租汽车管理条例都以户籍或居住证（暂住证）作为出租汽车司机准入门槛，构成了严重的就业歧视，更是严重阻碍了出租汽车行业“稳就业”功能的实现。

“对出租汽车司机设置户籍门槛违反了相关上位法规定。”张苏军认为，以是否具有本地户籍或居住证作为准入条件，排斥了外地司机在本地工作，构成对外地区身份分割，违反了优化营商环境、促进人力资源有序流动的要求。五地以保护本地就业为出发点设置户籍和居住证门槛，构成了对外地司机的歧视，触碰了法律的红线，违反了劳动法、就业促进法、行政许可法以及《优化营商环境条例》的规定。

同时，张苏军认为，对出租车司机设置户籍门槛也不符合国家的大政方针。“这会导致外地司机无法通过网约车实现灵活就业，不利于稳就业。就业是最大的民生工程、民心工程、根基工程，必须顺应新形势新要求，取消地方性法规设置的就业障碍。”

在张苏军看来，居住证更是不应成为就业的前提条件。“就业与居住证之间的关系应该是，先有稳定的就业才能申领居住证，而不是有了居住证才能就业。国家实行居住证制度的目的是为了让居住证持有人‘在居住地居住，作为常住人口享受基本公共服务和便利’，并非让其成为限制外来人口就业权利的门槛。”

2020 年 9 月，经过调研后，张苏军向全国人大常委会法工委提交《关于对昆明、南宁、武汉、太原、石家庄等五个城市出租汽车管理条例实施备案审查的建议》。他同时建议有类似做法的其他一些城市开展自查自纠，维护法治统一。

多地已经陆续取消出租车司机户籍限制

据了解，除上述五市外，北京、上海、成都、沈阳、郑州、大连、福州、银川、哈尔滨、杭州等 20 余市的客运出租汽车行业具有相同规定，有的甚至更为严格。但近年来，广州、杭州、三亚、贵阳等城市纷纷取消了对出租汽车司机的户籍和居住证限制，畅通司机流动渠道。

2018 年，杭州市率先降低出租汽车司机准入门槛，将“取得本市户籍，或在本市取得浙江省居住证 6 个月以上，或在本市取得浙江省临时居住证 12 个月以上”，改为“具有本市户籍，或持有本市核发的浙江省居住证，或在本市已办理居住登记，或在本市已办理身份信息登记”。2019 年，广州市修改网约车细则和巡游出租汽车条例，不再要求出租汽车司机持有本地户籍或居住证。青岛市通过修改网约车细则，将原细则中要求网约车司机“具有本市户籍或者有效的居住证”修改为“具有本市户籍或者有效的居住证，或者已经在本市办理身份信息登记”，东莞市取消了要求网约车司机“具有本市户籍或者本市有效居住证”的规定。

“这些城市的做法充分体现了劳动力市场化流动的要求，取得了很好的效果，值得推广。”张苏军说。

制定机关认为相关规定合理合法

为何要对出租车司机设置户籍门槛，各地人大常委会也给出了自己的理由。

有的地方人大常委会提出，条例是向全国公民开放的，符合立法法、道路交通运输法律法规、户籍管理法规，不会对外地人员从事出租车驾驶员工作产生不利影响。

有的地方人大常委会提出，“有本市户籍或者居住证”的规定具有合法性和合理性，从实际看也并未阻碍外地人就业。据统计，目前有该规定的地方，有的出租汽车驾驶员中外地从业人员占比达40%，还有的地方比例甚至高达74%，并没有形成就业歧视。此外，要求有居住证也是司机依法享受居住地相关权利和便利的依据，例如参加社会保险、缴存提用公积金、申领机动车驾驶证等，有利于维护和实现其合法权益。

有的地方人大常委会提出，目前当地已经施行了更为开放的落户户籍政策，办理居住证的过程快速便捷，基本上不会对外地人员落户或者办理居住证并从事出租汽车驾驶工作产生不利影响。

全国人大常委会法工委一锤定音

“地方性法规中以本地户籍或者居住证作为出租汽车司机职业准入条件的规定，主要涉及与中央要求和改革精神是否一致的问题。”全国人大常委会法工委法规备案审查室主任梁鹰说。

在收到张苏军提起的这份审查建议后，全国人大常委会法工委按照《法规、司法解释备案审查工作办法》的规定对有关地方性法规进行了审查研究。全国人大常委会法工委经审查认为，随着经济社会发展，党中央对户籍制度改革和营造公平就业环境作出了明确部署。《中共中央　国务院关于构建更加完善的要素市场化配置体制机制的意见》提出，“引导劳动力要素合理畅通有序流动”“放开放宽除个别超大城市外的城市落户限制，试行以经常居住地登记户口制度”“营造公平就业环境，依法纠正身份、性别等就业歧视现象，保障城乡劳动者享有平等就业权利”。

由于户籍制度具有很强的身份区分和人口流动限制特点，对出租汽车司机资格条件设置本地户籍限制，存在与党中央精神不符的问题，应予纠正。而居住证一般只与社会管理相关，且取得较为容易，规定居住证条件虽不如户籍那样明显构成对就业的限制或歧视，但一定程度上也对公平就业产生影响，也需要适时进行调整。

另据了解，全国人大常委会法工委认为有的地方政府出台规章等文件对网约车驾驶员资格条件设置户籍限制，已向司法部发函建议以适当方式推动有关地方政府作出修改。

建议创新工作举措维护公共安全

值得一提的是，不少地方性法规之所以设置出租汽车司机户籍门槛，一个主要理由就是此规定有利于确保安全运营，有利于实现保障公民平等就业和维护公共安全之间的平衡。

出租汽车是城市主要的交通工具之一。客运出租汽车驾驶员是否能保证乘客的人身财产安全，是群众普遍关注的热点问题。2018 年发生了多起乘客被客运出租汽车驾驶员性侵或者杀害的事件。为此，交通运输部和公安部曾联合发文要求对出租汽车驾驶员进行背景核查。

目前对出租汽车客运驾驶员的准入条件并没有法律、行政法规的规定，鉴于城市人民政府是出租汽车管理的责任主体，全国人大常委会法工委建议，地方人大在注重引导劳动力要素合理畅通有序流动的同时，也要注重督促政府部门、有关社会组织、出租车运营公司、互联网平台等注重预防发生侵犯乘客和侵犯驾驶员人身财产安全的恶性案件。尤其是一些特大城市、大城市，应当也完全有能力开拓工作思路，创新工作举措，积极主动作为，既消除出租车驾驶员的户籍资格限制，又维护好当地公共安全。

邮寄光盘遇阻公民提起审查建议

全国人大常委会法工委建议制定机关修改完善规定

（2021 年 02 月 23 日）

因为一张历经波折才邮寄出去的自录光盘，河北省唐山市居民蔡女士给全国人大常委会法工委写了一封信，就某省邮政条例（以下简称《条例》）提起审查建议。该案作为典型案例，被列入 2020 年度全国人大常委会备案审查工作报告之中。

此次审查针对的是《条例》第三十六条第二款的规定：“邮政企业、快递企业发现交寄、夹寄禁止寄递物品的，不予收寄，并交由有关部门依法处理。对不能确定安全的物品，应当要求用户出具相关部门的安全证明，并详实记录物品名称、数量、重量、收寄时间、寄件人和收件人名址等内容，记录留存应当不少于一年。用户不能出具安全证明的，不予收寄。”蔡女士认为，这既没有法律依据，还增加了公民的义务。

收到该审查建议后，全国人大常委会法工委按照相关规定启动了备案审查程序。最终，全国人大常委会法工委经审查认为，对不能确定安全的物品一律要求用户出具相关部门的安全证明，不符合党中央一再强调的减少证明事项的改革要求，既给群众办事增加负担，又在实践中缺乏可操作性。鉴于此，全国人大常委会法工委已要求制定机关作出修改。

邮寄光盘遇阻公民提起审查建议

事情的起因是一张费尽波折才邮寄成功的光盘。

“光盘里的内容其实就是一些自己刻录作为证据的通话录音。”蔡女士的儿子高先生告诉记者，因为经常接到一些骚扰电话不堪其扰，在发现来电基本都是同一号段后，蔡女士决定向有关国家机关进行投诉。按照相关规定，只有将通话语音等证据以光盘的形式固定下来并通过邮政渠道邮寄给相关部门，投诉才能被受理。

而让蔡女士没有想到的是，光盘刻好后在邮寄时却遇到了麻烦。“当时邮政集团的工作人员告诉我们，按照《条例》的规定，对不能确定安全的物品，用户必须出具相关部门的安全证明。用户不能出具安全证明的，不予收寄。所以要想寄出光盘，我们必须要到文化部门或者街道办事处、居委会等开具证明。”高先生告诉记者，由于母亲年事已高，自己开始为这一纸证明到处奔波，结果足足花了一个月的时间，事情却毫无进展。因为他发现，根本找不到能出具这一纸证明的部门。

“我去找文化管理部门，人家告诉我国务院已经撤销了相关规定，没有这个法定职能，拒绝开具此类证明。我去找街道、居委会，也被拒绝了。作为一个企业，邮政集团也没有权力要求这些基层部门开具证明。”高先生感到十分无奈。

再次与邮政集团交涉后，高先生被告知，可以去能现场查验光盘内容的网点进行邮寄。但他发现，距离自己最近的光盘审查点，骑车也要二三十分钟才能到。那时候正值酷暑，高先生最终却步。几经交涉，邮政集团的工作人员作了一些调整，让高先生自己带着笔记本电脑和光盘，在家附近的邮政集团营业点办理，大厅监控之下当场把光盘进行播放查验之后，这些光盘才得以邮寄出去。

事后，高先生通过查阅相关规定发现，对于出具证明一事，原文化部、原铁道部、原交通部、原邮电部、原民航总局虽然在 1996 年出台的《关于加强音像制品运输传递管理的通知》中有过相关要求，但是 2002 年发布的《国务院关于取消第一批行政审批项目的决定》中已将该通知废止。“所以，再次要求开具证明已没有任何法律依据。而且光盘内容的合法性应由相关企业审核而不是简单地由用户提供证明。”高先生说。

2020 年 8 月，蔡女士以《条例》违反立法法第七十二条，且不符合邮政法立法本意，又没有可操作性为由，写信给全国人大常委会，申请对《条例》进行合法性审查。

未与上位法抵触但确实造成不便

邮政法第二十四条规定，邮政企业收寄邮件和用户交寄邮件，应当遵守法律、行政法规以及国务院和国务院有关部门关于禁止寄递或者限制寄递物品的规定。邮政法第二十五条和《快递暂行条例》第三十三条规定了邮政企业应当依法建立并执行邮件收寄验视制度，以及发现有疑似禁止寄递物品或者可能涉及违法犯罪的物品应当采取的处理措施等。邮政法第七十五条相应规定了不执行邮件验视制度应承担的法律责任。

制定机关认为，《条例》并未明确规定用户交寄光盘等音像制品必须出具安全证明。根据国家邮政局、公安部、国家安全部共同发布的《禁止寄递物品管理规定》及《禁止寄递物品指导目录》，寄递企业依法当场验视用户交寄的物品是否属于禁寄物品，防止禁寄物品进入寄递渠道。实践中，对于用户交寄光盘时，需查验光盘是否属于非法出版物、印刷品、音像制品等宣传品。确认不含上述内容的，即可收寄。因此，《条例》不存在与宪法或者法律相抵触的情况，符合寄递渠道安全监管的实际需要。

收到这一审查建议后，全国人大常委会法工委就此事专门征求了相关部委的意见。有关方面认为，《条例》的这一规定是对邮政法第二十五条规定的贯彻和细化，符合邮政业发展实际。将证明所交寄物品安全的责任交还给消费者，从寄递安检制度的逻辑设计上来说是合理的。

但与此同时，对于邮政企业“要求用户出具相关部门的安全证明”的做法也有不同意见。有意见认为，实践中有关部门不会出具该证明，用户也很难获得证明。如果因用户不能出具安全证明不予收寄，不利于保障邮政普遍服务。

既给群众增加负担又缺乏可操作性

目前，国家对清理证明事项有明确的改革要求，2020 年 1 月 1 日起施行的《优化营商环境条例》第四十四条规定：证明事项应当有法律、法规或者国务院决定依据，设定证明事项应当坚持确有必要、从严控制的原则。

全国人大常委会法工委认为，邮政法作了原则性规定，更多的衔接性内容可以由行政法规、部门规章作更细致的规定。《条例》不存在与邮政法抵触问题，该案例更多的是反映怎么改进具体工作的问题。而邮政法中规定的“验视”与公安机关的“查验”是不一样的，邮政企业不能直接查看邮件里面的内容，实践中邮政企业一概机械地要求什么都要“验视”的做法确实存在问题。邮政企业“要求用户出具相关部门的安全证明”的做法也给用户造成了很大不便,政府部门的工作应当优化营商环境,让开具证明的事情更少一些,让群众更少跑路,通过部门之间的联动机制解决证明的问题,而不是让用户去获取证明。

最终,全国人大常委会法工委经研究认为,虽然从字面上看,《条例》第三十六条第二款不存在与法律不一致问题,但对不能确定安全的物品一律要求用户出具相关部门的安全证明,不符合党中央一再强调的减少证明事项的改革要求,既给群众办事增加负担,在实践中又缺乏可操作性。据此,全国人大常委会法工委建议制定机关根据党中央改革精神适时对《条例》相关规定作出修改完善。

地方立法“不交物业费禁止竞选业委会成员”规定被叫停

（2021年05月25日）

今年1月1日起，民法典正式施行。《法治日报》记者获悉，全国人大常委会法工委近日以民法典立法原意和立法精神为依据作出审查意见。值得关注的是，这是民法典颁布实施以来，全国人大常委会法工委首次以民法典为上位法依据对公民提出的审查建议作出处理的案例。

作为维护业主权益的“法宝”，业委会的重要性不言而喻，不但关系着业主如何行使自己的权利，也关系到广大业主的切身利益。然而一直以来，实践中业主大会和业委会的成立比例并不高。

导致业委会成立难的原因是多方面的。值得一提的是，部分地方在物业管理条例中对成立业委会设置了门槛，将“按时交纳物业费等相关费用”作为参选业主委员会成员的必要条件，有公民就此向全国人大常委会法工委提出了审查建议。

全国人大常委会法工委经研究认为，民法典物权编对业主大会、业委会成立的具体条件和程序作了原则性的指引规定。将“按时交纳物业费等相关费用”作为参选业主委员会成员的必要条件，缺乏上位法依据，不符合立法原意和法治精神，应予以纠正。

“业主委员会是业主自治组织，其委员参选资格基于建筑物区分所有权产生，是法律赋予业主的民事基本权益。根据立法法和民法典有关规定，地方性法规在没有法律依据的情况下，不宜对业主委员会委员参选资格作出限制。”全国人大常委会法工委相关负责人说。

认为与上位法不符　公民提出审查建议

2020年1月，全国人大常委会法工委收到公民张某某的来信，信中提及某省出台的物业管理条例中有关竞选业委会委员资格的规定。

根据该规定,业委会委员的首要条件是“遵守国家有关法律、法规、业主公约或者管理规约、业主大会议事规则,积极履行业主义务,按时交纳物业服务费等相关费用”。在张某某看来,这一规定与国务院出台的《物业管理条例》(以下简称《条例》)的相关规定并不一致,建议对其进行审查。

“《条例》第十六条规定,业主委员会委员应当由热心公益事业、责任心强、具有一定组织能力的业主担任。换言之,只要是小区业主,就都有被选为业委会委员的可能性,没有其他限制条件。而省里的条例似乎是站在物业公司的角度出发,在与上位法存在冲突的前提下,尽力在强调委员的义务而不是权利。”张某某认为,这一规定造成一个现实问题:如果物业公司没有通过业主大会表决私自提高收费标准乱收费,一批业主对此不满意而拒绝按时交纳物业费。那么,按照省条例,这批业主即使依法积极地参选业委会,也无法成为业委会成员,更无法有效地通过业委会为业主们争取更多的权利。

“实际上一般来说,一位业主长期拖欠物业费是不会被选为业委会委员的。但如果大家认为这位业主是为大家争取利益,那么,即使他长期拒交物业费也仍能得到大家的信任和支持而当选。”张某某说。

无独有偶。同年9月,又有公民通过中国人大网审查建议在线提交平台提出对某省的物业管理条例第三十一条进行审查。审查建议人提出,该省条例第三十一条第二款规定将“必须按时交纳物业服务费用和住房专项维修资金”作为业主参选业主委员会成员的必要条件,与《条例》第六条、第十六条的规定不一致。

地方立法机关给出多个理由

记者采访中了解到,对于成立业委会,民法典第二百七十一条规定,业主对专有部分以外的共有部分享有共有和共同管理的权利。第二百七十七条规定,业主可以设立业主大会,选举业主委员会。业主大会、业主委员会成立的具体条件和程序,依照法律、法规的规定。地方人民政府有关部门、居民委员会应当对设立业主大会和选举业主委员会给予指导和协助。

《条例》以及地方性法规都属于民法典中所说的“法律、法规”的范围。

《条例》第六条规定,房屋的所有权人为业主,享有选举业主委员会成员的权利,并享有被选举权。《条例》第七条规定,业主在物业管理活动中,应当履行按时交纳物业服务费用的义务。《条例》第十六条规定,业主委员会委员应当由热心公益事业、责任心强、具有一定组织能力的业主担任。

经粗略梳理,记者发现,目前全国范围内,将"按时交纳物业管理费等相关费用"作为参选业主委员会成员必要条件的地方立法并非个例,不少地方的物业管理条例都有类似的规定。此次被提起审查建议的某省条例的制定机关也表示,之所以作出这种规定除了基于该省物业管理的实际需要,还参照了此前其他多个省市的立法经验。

据悉,地方立法之所以会将"按时交纳物业费等相关费用"作为业主参选业主委员会成员的必要条件,主要出于几方面的考虑:首先,业委会作为业主的自治性组织,主要功能是服务业主、维护业主合法权益,业主委员会成员应当具备较高的素质和能力。其次,《条例》规定业主委员会有督促业主交纳物业费的义务,如果不将按时交纳物业费作为参选业主委员会成员的条件,就会出现没有交纳物业费的业主委员会成员要求其他业主交纳物业费的尴尬局面,不利于业委会正常履行职责、有效开展工作。此外,住建部《业主大会和业主委员会指导规则》第三十一条将"模范履行业主义务"作为成为业主委员会成员的条件。因此,地方立法机关认为,相关规定并不违反国家有关法律、行政法规等有关规定。

法工委一锤定音:不符合立法原意

收到公民提出的审查建议后,按照工作流程,全国人大常委会法工委启动了对两个省份的物业管理条例的审查。经研究,全国人大常委会法工委认为,将"按时交纳物业费等相关费用"作为参选业主委员会成员的必要条件,缺乏上位法依据,不符合立法原意和法治精神。

"现行法律和行政法规均未对业主委员会的参选资格作出限制,在这一情形下,地方性法规可以依法对业主委员会成立的具体条件和程序作出规定,但不宜对成员资格作出限制规定。"全国人大常委会法工委相关负责人说,民法典物权编明确业主可以通过业主大会、业主委员会开展自治管理,其立法原意是鼓励业主以自治管理实现权利救济。

“在实践中，拒不交纳物业费的业主要求参加业主委员会选举，大多是认为本小区现有物业管理机构侵害其合法权益。根据业主委员会成员的选举程序，业主大会选举前，参选业主的基本情况，包括是否按时交纳物业服务费等费用的情况，都会予以公示。业主们在明知其拒不交纳物业费的情况下，仍通过业主大会将其选举为业主委员会成员，说明大部分业主认可其拒不交纳物业费的行为，也反映出物业管理中存在问题。”全国人大常委会法工委认为，此时，法律法规应当支持业主通过自治方式实现自身救济，如果地方性法规将“按时交纳物业费等费用”作为参选业主委员会成员的限制性条件，将剥夺这种情况下业主通过自治寻求救济的法定权利，不符合立法原意。

“业主与物业服务企业之间是基于物业服务合同产生的民事法律关系，业主拒不交纳物业服务费的行为，是民法典规定的违约行为，物业服务企业可以通过违约条款寻求救济。地方性法规以资格限制的方式，干预平等主体之间的民事法律关系，不符合法治精神。”全国人大常委会法工委相关负责人说。

全国人大常委会法工委公布“支持型”备案审查案例

备案审查为地方立法探索提供支持

（2022 年 01 月 11 日）

2021 年备案审查工作情况报告于去年底亮相。延续以往的惯例，这份报告披露了多起典型性案例。其中，一起备案审查为地方开展立法探索提供支持、为地方立法创新留下余地的案例尤为引人关注。

在这起案例中，有公民针对地方性法规设置了高于道路交通安全法的行政处罚提出审查建议。全国人大常委会法制工作委员会依法启动审查程序并最终作出结论：该规定是地方人大基于管理需要对非机动车上道路行驶的新情况、新问题作出的回应，一定程度上补足了法律规定，既符合法律的原则和精神，又一定程度补足了法律规定的滞后。

“为发挥地方立法实施性、补充性、试验性作用，应当允许地方在合理范围内先行探索，逐步形成行之有效的经验，既解决实践急需，又为下一步修改完善国家法律提供实践依据。”全国人大常委会法工委法规备案审查室主任梁鹰说。

值得关注的是，目前实践中，如何处理好维护法治统一和鼓励地方创造性开展地方立法工作二者之间的辩证关系，是地方立法面临的一个重要课题。进入新时代，面对日益变化的社会管理带来的困难和挑战，怎样守住地方立法底线？合法行使立法权的同时如何保障公民合法权利？如何在城市管理和依法治理之间寻求一种平衡？这些都是目前地方治理中需要面对和考虑的现实问题。

在这一背景下，这一典型案例传递出一个信号，地方可以在合理范围内先行立法探索为完善相关法律提供经验，发挥地方立法实施性、补充性、试验性作用。

公民写信提出审查建议

事情要追溯到 2021 年 6 月。某市居民给全国人大常委会法工委法规备案审查室写来一封信，建议对《××市非机动车安全管理条例》（以下简称《条例》）进行审查。

信中，该公民认为，《条例》第四十二条规定，违反本条例第十三条第一款、第十六条、第十九条第三款、第二十条第三款规定，驾驶无号牌的非机动车上道路行驶，专用号牌电动自行车未按规定进行安全技术检查，驾驶禁止通行的非机动车上道路行驶，或者未按规定使用悬挂专用号牌的电动自行车的，由公安机关处五十元以上二百元以下罚款。然而，道路交通安全法第八十九条规定，非机动车驾驶人违反道路交通安全法律、法规关于道路通行规定的，处警告或者五元以上五十元以下罚款。

在这位公民看来，《条例》规定的行政处罚的幅度已超出道路交通安全法的处罚幅度，违反了行政处罚法的相关规定，超越法定的立法权限，据此提出审查建议，建议予以纠正。

地方探索获法工委支持

接到信后，全国人大常委会法工委随即启动了审查程序。

全国人大常委会法工委经研究认为，道路交通安全法是对违反法律、行政法规、地方性法规关于道路通行规定行为进行处罚的一般上位法。《条例》第四十二条作出的行政处罚规定，是对非机动车"违反道路通行规定"行驶的处罚。2004 年道路交通安全法正式施行。随着社会发展，新情况、新问题不断出现，许多新的非机动车种类，如二轮、三轮、四轮电动车等大量出现，其速度、危险性大大增加，导致非机动车道路安全事故的发生率、伤亡率大幅提高，社会危害性明显增加。

全国人大常委会法工委在审查意见中指出，在这一背景下，地方基于地方管理的实际需要，对非机动车上道路行驶的新情况、新问题作出回应，一定程度上补足了法律规定，因此，可允许地方在合理范围内先行探索，在探索中根据法规实施情况适时调整完善，形成探索经验，为完善法律提供支持。

“考虑到目前大量非机动车上路行驶带来较多的安全隐患，地方为了引导广大居民有序安全利用好非机动车现代交通工具，在上位法还未及时作出调整的情况下从实际需求出发做一些合理探索，提高处罚额度，属于地方立法发挥创造性、创新性、探索性作用的具体生动实践，应予以鼓励。”梁鹰说。

共同努力探寻基本平衡

地方立法是中国特色社会主义法律体系的重要组成部分。维护国家法治统一，是完善中国特色社会主义法律体系的内在要求，也是地方立法必须遵循的法定原则和前提。

从坚持和完善国家制度方面来说，需要给地方放权，加大地方立法空间，让地方能有更多先行先试，真正发挥其“试验田”作用，服务地方改革发展稳定大局，但与此同时，地方立法也必须以维护国家法治统一为前提。因此，把握好对地方性法规备案审查的标准和尺度十分关键，这也是新时代备案审查能力和制度建设面临的新挑战。

“地方可以在符合法治要求的框架内做调整，根据新情况做一些探索。一方面，地方管理者包括立法机关要维护国家法治统一，严格遵循立法权限，守住法律底线。同时，也要鼓励地方在法治框架内根据本地经济社会发展实际情况，有针对性地积极开展探索。”梁鹰说。

梁鹰指出，对于因上位法滞后而允许地方性法规超出上位法规定的幅度设定处罚，应属特例，只适用于极少数情况，进行个别判断。因此，不宜作为一个普遍标准。应避免使地方认为可以随意突破上位法处罚幅度。地方如认为上位法滞后，还是应该提出修法的议案为妥。“总之，立法与实践应当相互适应、相互调整，共同推动社会发展进步。在现代化管理的需求和守住法治底线之间，各方应共同努力来探寻基本的平衡。”

典型案例具有特殊意义

在全面依法治国的背景下，地方立法的质量直接影响地方的治理能力和治理水平。一方面，地方立法必须创新，必须紧密结合当地实际，回应地方需求，突出内容创新，才能彰显其在地方事务管理中的独立价值。然而，地方立法如果一味追求大胆创新，也容易出现“过度创新”“越界创新”等情形，甚至引发对地方性法规合法性的争议。

在一些业内专家看来，全国人大常委会法工委公布的这一典型案例具有十分特殊的意义。

“地方性法规提高罚款数额有其合理性，有利于规范非机动车驾驶行为、防范因此而引发的交通事故、保障人民的生命健康。从这一角度出发，上下位法的不一致更多是由上位法滞后所造成的，而下位法则及时弥补了由于上位法滞后而造成的立法供给合理性、有效性不足的问题。因此，此种符合上位法精神、在合理范围内所开展的立法探索值得肯定，相关地方立法机关的积极性也值得予以保护。”上海交通大学凯原法学院教授林彦说。

在林彦看来，该案的意义即在于，备案审查机关并未仅仅根据立法权限及法的位阶简单地认定与上位法不一致的下位法无效，而是从实质合理性的角度出发，比较权衡内容不一致的上下位法究竟哪一方更符合社会发展需要、是更有效的立法供给，再决定相关下位法的去留与存废。

对地方性法规进行备案审查，既可以监督地方立法，也能促进地方立法。“备案审查的功能之一即在于‘纠错’，这也是‘有错必纠’的题中之义。但是也应当看到，单纯、片面地纠错在客观上会一定程度产生打击地方立法探索积极性的溢出效果。这显然不是备案审查制度的初衷。”浙江大学光华法学院教授郑磊说。

郑磊认为，此次全国人大常委会法工委公布“支持型”备案审查案例，既可以避免出现打击地方立法创新探索积极性的副作用，还可以与“纠错型”案例双管齐下，表明加强备案审查工作并不会压缩地方的依法立法空间和立法探索。在纠正“问题”法规的同时，备案审查也重视保障地方依法立法。

后　续

在2019年度人大新闻舆论干部培训班暨第29届中国人大新闻奖评选结果发布会上的交流发言

（2019年11月12日）

尊敬的杨振武秘书长、各位领导、各位同仁：

今天向大家汇报和交流的主题是：当我们说起人大新闻宣传报道工作的时候，我们该聊些什么？从一名记者角度来看，谈及人大新闻宣传报道，主要就是关心两个方面的问题：一个是，我们“能”做些什么。另一个就是，我们“想”做些什么。

在谈论这两方面的话题之前，我先简单地介绍下一年多来我们已经做了些什么。

一、2018年以来人大新闻报道总体情况

（一）结合历史节点做多个总结性系列报道

2018年和2019年都是极其特殊的历史年份。我们先后迎来了改革开放40周年和新中国成立70周年。法制日报作为全国性中央级法治类专业权威媒体，围绕着两个重大主题，抓住关键历史节点，开辟多个专栏，进行了多层次、多角度、全方位的报道，系统梳理了新中国成立70年来以及改革开放40年来中国取得的伟大法治建设成就。这其中，有关人大的内容是重中之重，多个专栏都是以人大立法的综述稿件作为开栏稿件。比如，回顾了改革开放40年全国人大常委会立法工作、地方人大立法工作等综述稿件，此外，还系统梳理介绍了宪法、民法、刑法等多部法律的起草制定等。其中，我采写的《“八二宪法”五次修改为改革开放提供坚实保障》获得第29届中国人大新闻奖报纸、通讯作品一等奖。

2019年，我们又专门开辟了“壮丽70年：中国法治辉煌成就”专栏，全方位回顾新中国成立以来的法治进程。此次系列报道中，我对十二届全国人大法律委主任委员乔晓阳进行了人物专访，采写了稿件《伴随国家发展每个

宪法条文都在熠熠生辉》以及《半路出家的“立法大家”》人物小传并配上记者手记。作为开栏稿件,这组报道取得了很好的宣传效果。此外,我还对十三届全国人大宪法和法律委主任委员李飞、副主任委员周光权等进行了人物专访,通过讲述一个又一个中国立法故事,以点带面、以小见大展现了新中国成立70年来人大立法工作的全景图。

(二)抓住热点重点进行专业报道

除了做好常委会会议期间的新闻宣传报道工作,我们还十分注重闭会期间的人大新闻报道,结合全国人大常委会的日常工作,跟进重点,紧抓热点。

以备案审查工作为例。我们知道,曾几何时,由于各种历史原因,备案审查工作一直是“秘而不宣”,甚至连每年处理了多少起具体案件的数量都不对外公开。为此,乔晓阳曾经形象地把备案审查工作形容为“鸭子凫水”。

转机出现在党的十八大。党中央正式作出决策,推进宪法实施,并为此建立健全了一系列的制度。为了贯彻落实好党中央的决策部署,全国人大常委会加大备案审查工作力度,并开始主动对外界通报典型案例,特别是从2017年开始,形成了法工委向常委会报告备案审查工作情况报告的常态化机制。连续两年的年度备案审查工作报告不但全面介绍了备案审查整体的工作情况,还公布了多起典型案例,使得备案审查工作的社会关注度大大提高。

作为媒体,我们敏锐地关注到了这一重要转变,不断加大对备案审查工作的报道力度。一方面,从宏观角度对备案审查的制度建设予以全程关注,随时跟进相关工作的进展情况,采写了《首次全国性人大备案审查系统会议在广州召开　全面协调推进信息平台建设》《多项备案审查信息平台建设重磅举措值得期待》《全国人大常委会法工委研究起草“备案审查工作规定”》等稿件。与此同时,从微观角度加大具体典型案例的报道,采写了多篇独家稿件,如《地方法院规定非医学需要鉴定胎儿性别构成非法行医罪　知名法学家李步云提出审查建议》《部分道交管理地方性法规突破上位法　全国人大常委会法工委启动专项审查研究》《联合惩戒威力日益凸显　范围程度扩大引发关注　发挥失信惩戒功效应适度且合法》,等等。这些报道,或推动地方层面备案审查工作,或为有关部门规范其行为提供参考,或引起社会各界的广泛关切,充分发挥出了新闻媒体的宣传引导和舆论监督的职责功能。

二、媒体角度谈人大新闻宣传报道的方向——人民性和新闻性

(一)在人大新闻宣传中体现出人民性

人大报道工作的目标受众是人民。读者在哪里,人大宣传报道的触角就要伸向哪里。这就要求我们在分析和选择新闻素材时必须以满足人民的需求为目标。

仍以备案审查报道为例。去年 12 月,我参加了由中宣部、中国记协组织的“好记者讲好故事”全国巡讲活动。在这次活动中,我给大家讲述了“法治三老”之一、已经 88 岁高龄的李步云先生亲自提起的一起可以说具有标志性的备案审查典型案例。最终,通过启动备案审查程序,一位学者的来信纠正了一份地方法院违反上位法的红头文件,维护了公民的合法权益。而这一切,正是备案审查制度的威力所在。

我们知道,备案审查是一项重要的法律制度,在全面依法治国时代更是有着重要意义。作为一项宪法性制度,它能够保证党中央令行禁止,维护国家宪法和法制统一,保障公民的合法权益不受侵害。党的十九届四中全会提出,加强宪法实施和监督,落实宪法解释程序机制,推进合宪性审查工作,加强备案审查制度和能力建设,依法撤销和纠正违宪违法的规范性文件。

但遗憾的是,备案审查工作现在还远未能被广大公众所知晓,普通民众对此可以说是基本上一无所知、闻所未闻。这一点,在此次巡回宣讲中让我感触颇深。我发现,在我讲述备案审查典型案例的时候,台下的听众很多都是一边听一边点头,伴随着一副恍然大悟的表情。这说明什么?说明他们中的很多人此前从未听说过备案审查这项制度,也反映出我们媒体在宣传备案审查工作上还有很大空间需要去填补。想要让备案审查制度从“身在闺中人不识”到“犹抱琵琶半遮面”,再到“飞入寻常百姓家”,还有一段很长的路要走。

这次经历也让我明白,做好人大工作的宣传报道,必须要以满足人民群众对人大工作的信息要求为目标之一,要努力缩短庙堂之上和江湖之中的距离,时刻关注、了解、研究受众的需求,及时报道广大人民群众的关切,把事关广大人民利益的人大工作用易于被普通民众接受的形式呈现出来,更好地通过报道来引导群众和服务群众。

（二）要在人大新闻宣传工作中体现出新闻性

新媒体的不断发展，既为人大新闻宣传工作提供了宝贵机遇，同时也提出了更高要求。在不断创新报道的形式手段的同时，该如何提高报道的质量，如何选择新闻素材，如何体现内容为王，是更为重要的问题。结合实际，我们在工作中发现，很多社会公众都认为人大是神秘而专业的，经常一提起人大报道，很多人都觉得“看不懂”“太专业”“不接地气”。但其实，人大报道领域中也可以出现带有流量的“人气爆款”产品。这就要求人大工作的宣传报道必须要注意提高新闻性，不能单纯为了宣传而宣传，而是要通过提供合格的新闻产品来体现稿件的新闻价值。

社会公众对人大的工作制度以及一些立法项目的关注程度，起决定性因素的，是稿件中的信息以及报道的素材必须具有新闻性，换言之就是要有新鲜性、重要性和显著性。比如，有关失信黑名单的报道、未保法和预防未成年人犯罪法修法等立法话题，不但学界关注度高，社会关注度也非常高。这就要求记者必须要结合新闻热点事件及时对人大工作进行及时、准确、深入地报道。需要指出的是，在此类报道中，把握好报道的尺度和角度，既不炒作，又能反映深层次问题，是尤为重要的。

三、几点建议

结合平时的工作，对人大新闻宣传报道工作提出几点希望和建议。

首先，希望能有更多的报道领域向媒体开放，尽可能地让媒体更加全面深入介入人大工作的具体层面，而不是到最后的成果阶段再联系媒体加以展示。提早介入会让媒体在报道时有高度有角度，布局也会更加游刃有余。比如，通过参加一些立法项目的前期调研论证，媒体可以更加了解法律案起草中的重点难点，甚至是敏感点，这些都会对日后报道的深度及尺度把握上有所帮助。

其次，希望能扩宽媒体对人大监督工作的报道领域和范围。以问题为导向是人大监督工作的应有之意，新闻媒体对人大监督工作全面客观的报道也是应有之意。